读诗经：思无邪

高耀美——著

苏州新闻出版集团
古吴轩出版社

图书在版编目（CIP）数据
读诗经 : 思无邪 / 高耀美著. -- 苏州 : 古吴轩出版社, 2025. 1. -- ISBN 978-7-5546-2582-8
Ⅰ. I207.222
中国国家版本馆CIP数据核字第2025WC5837号

责任编辑： 蒋丽华
见习编辑： 赵　卓
策　　划： 师明月　马剑涛
装帧设计： 方治琳

书　　名： **读诗经：思无邪**
著　　者： 高耀美
出版发行： 苏州新闻出版集团
古吴轩出版社
地址：苏州市八达街118号苏州新闻大厦30F
电话：0512-65233679　　邮编：215123
出 版 人： 王乐飞
印　　刷： 成业恒信印刷河北有限公司
开　　本： 880mm × 1230mm　1/32
印　　张： 10.5
字　　数： 257千字
版　　次： 2025年1月第1版
印　　次： 2025年1月第1次印刷
书　　号： ISBN 978-7-5546-2582-8
定　　价： 69.00元

［南宋］马和之《唐风图·鸨羽》

[南宋]马和之《召南八篇图·摽有梅》

［南宋］马和之《召南八篇图·野有死麕》

[南宋]马和之《唐风图·扬之水》

［南宋］马和之《唐风图·葛生》

[南宋]马和之《唐风图·绸缪》

［南宋］马和之《鹿鸣之什图·杕杜》

[南宋] 马和之《唐风图·有杕之杜》

［南宋］马和之《召南八篇图·江有汜》

[南宋]马和之《小雅鸿雁之什图·我行其野》

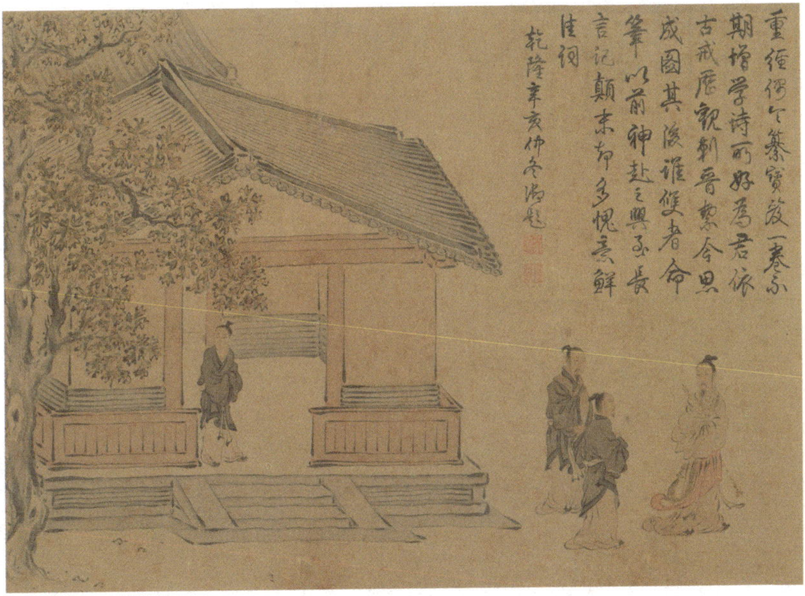

[南宋]马和之《唐风图·蟋蟀》

序

初识《诗经》，是在年幼时所读的一篇小说中。

小说的题目、作者，以及登载的刊物名，我都已经记不清了。唯独清楚地记得小说中有关《诗经》的些许情节。

某年某月某日，一个女知识分子，嫁给了一个识不得几个字的农村青年。新婚夜，月皎洁，风轻柔，女子拉着男子赏月。

“关关雎鸠，在河之洲。窈窕淑女，君子好逑。”女子心里装着爱情，眼里盛着月亮，口里吟着诗歌，期待着男子的回应。

可那男子哪里听得懂这些，他给不了她想要的回应，只急切地拉着女子去洞房。

可怜那满腹浪漫情怀的女子所以为的爱情，就这样破灭在新婚之夜。

年幼时未读《诗经》，只是了解到有《诗经》，成年后读《诗经》，看到《关雎》一诗，蓦然想起年幼时读过的那篇小说，不由得为之感叹：遇到对的人，是金玉良缘；遇到错的人，是冤家孽缘。

爱情，如尘世中的一朵花，从来都经不起摧残。

走进《诗经》，看爱情这朵花绽放出千姿百态，看世间的痴男怨女聚散离合，缘起缘灭，恨怨嗔怒，千般滋味入心，却难以付诸言说。

一点相思几时绝？

人似玉，柳如眉。无论是才子佳人，还是樵夫农女，在年轻人的世界里，总少不了对爱情的推崇。那些有关爱情的故事，在历经几千年时光的洗礼之后，依然能够在今日找到类似的版本。

少女怀春，少年钟情，年轻的心，总少不了与爱的种种纠葛。

相思无益，却还要梦里相觅。可见，“情”之一字最缠人。

求之不得，仍要相思。求之既得，珍而重之。有情人终成眷属，结局美好，自然是皆大欢喜，令人羡慕。

“有美一人，婉如清扬。邂逅相遇，与子偕臧。”

忘我大德，记我小怨。痴情被辜负，怎不让人心碎神伤？

单相思的苦中有甜，两情相悦的心心相印，婚姻中的忠诚与背叛、挣扎与抉择、相守与分离……“爱情”两个字，当真是变幻莫测。

《诗经》里的爱情，是一朵入世的花。或是在绽蕊前就悄然珍藏在心底，或是在怒放后就结出甜美的果实，抑或是，经历过盛开的艳丽与芳香后，被风雨裹挟着走向殒灭。

人生海海，山山而川，单恋的人、相爱的人、离别的人、幸福的人、怨愤的人，痴男怨女，深情与薄情，共同演绎着爱情里的百感交集。

情不知所起，亦不知所终。情入心中，有人流泪，有人欢笑，终究是逃不过红尘之中的这曲恋歌。

时光辗转千年，朝代更迭，世事变迁，人类的情感却总是相通的。美眷如花，流年似水。这本书写尽了情感生活中的人生百态，总有一个故事，会让你感觉似曾相识。

尘世喧嚣，时有烦扰。良好的生活状态，也不过是，偷得浮生半日闲，翻开一本好书，安安静静地读诗，看故事，悟人生。

目录

第一辑 惜我此时情

问世间情为何物，直教人生死相许。一生中，总有一个人会猝不及防地闯进你的心灵深处，一朵花就此绽放，那就是爱情。

第二辑　系君一生心

如花美眷，似水流年。愿所有的爱情，都如童话一般。

第三辑　怜取眼前人

烟火人生，有甜有苦，柴米油盐可以幸福，锦衣华裳却未必如意。

第四辑　花开缓缓归

思念，是一种隐疾，无人可诉，唯有自渡。

第五辑　携手恨匆匆

爱来爱去，风风雨雨，这尘世，有我的思念，却无你的回音。

第一辑　惜我此时情

问世间情为何物，直教人生死相许。一生中，总有一个人会猝不及防地闯进你的心灵深处，一朵花就此绽放，那就是爱情。

周南·关雎　唯有相思不可医

关关雎鸠，在河之洲。窈窕淑女，君子好逑。

参差荇菜，左右流之。窈窕淑女，寤寐求之。

求之不得，寤寐思服。悠哉悠哉，辗转反侧。

参差荇菜，左右采之。窈窕淑女，琴瑟友之。

参差荇菜，左右芼之。窈窕淑女，钟鼓乐之。

雎（jū）鸠（jiū）：一种水鸟，一般认为就是鱼鹰，传说这种鸟雌雄形影不离。

窈（yǎo）窕（tiǎo）淑女：贤良美好的女子。窈，女子心灵美；窕，女子外表美；淑，品德好。

好（hǎo）逑（qiú）：好的伴侣。

荇（xìng）菜：一种可食用的水生植物。

寤（wù）寐（mèi）：醒和睡。指日夜。

悠（yōu）哉（zāi）悠哉：思念之情绵绵不尽的样子。

芼（mào）：挑选。

［明］沈周《沧洲趣图》（局部）

先秦时期的某个夜晚，一个满腹心事的贵族子弟，愁肠百结，辗转反侧。

夜色阑珊，男子的身体已经困乏到极点，大脑却还在兴奋地运转。这一切，都是男子心中那个楚楚动人的身影惹的祸。

原来，男子当天出门游玩时，在河边偶遇了一个美丽的姑娘，并对她一见钟情。出于礼节，他没有冒昧地上前搭讪，而是趁姑娘不注意，躲在一边悄悄地打量她。

那个豆蔻年华的姑娘生得十分美丽，身姿婀娜，肌肤如玉，浅浅的笑意中隐含着羞涩，清亮的双眸中似有满天星辰，让男子望一眼就忍不住沉醉其中。

小船离岸边并不远，姑娘就坐在船头，美成了一幅画。只是，姑娘的眼睛从未望向这个倾慕她的男子，而是一直盯着水里的荇菜，一双细长的手一会儿向左，一会儿向右，不停地摘下荇菜，放到身边的竹篮里。

这情景太美，男子不禁看痴了。此时，河面上有雎鸠双双飞过，这是一种痴情而专一的水鸟，雌鸟和雄鸟总是形影不离。男子多么想和那个姑娘永结同心，就如同那相依相偎的雎鸠一样，永远温暖着对方。

可是，他内心忐忑不已，不知道怎样才能获得姑娘的芳心。难以得到，却又忘不掉，这真是最甜蜜的苦涩。

有时候，人与人之间的缘分，就是这么的奇妙。只因为在河边多看了她一眼，从此就开始了无休无止的想念。

思念绵绵不断，夜很深，男子却睡意全无，在床上辗转反侧。他反复地想，如果他没有在望着雎鸠时忽然转移了视线，如果他的视线没有恰巧落到那明眸皓齿的姑娘身上，他是否就不会遭遇这相思之苦？

然而，世上哪有什么如果，发生了的事根本无法改变。他一眼看到她并爱上她，没有理由，没有余地。爱来得猝不及防，他的心再也无法平静。

爱慕一个人，就会忍不住地思念，就会想要和她在一起。

他想用琴瑟去亲近她，用钟鼓使她快乐。如果能够娶到她，他此生再也无憾。

他梦想着和姑娘结婚的场面，露出了甜甜的微笑。

诗中，他喜欢着那美丽的姑娘，却从未想过要轻佻地挑逗她，更不会去攀墙折柳。他爱她，所以尊重她，愿意用执着的追求换她一世的相许。

河边人如玉，君子世无双。这样美丽的姑娘，当有好的归宿。这样守礼的君子，当有好的配偶。

但愿，这个痴情的男子，能够收获他最美的爱情，与所爱之人牵手到老，婚姻美满。

《关雎》作为中国文学最古老的典籍《诗经》之首，堪称最古老的情歌，它描绘的是贵族阶层的爱情。贫家子弟或许会打几只猎物、捕几条鱼送给心上人，却不大可能用琴瑟钟鼓之乐去取悦心中的姑娘。

这首情歌，时常出现在婚礼上，既是婆家对新娘的赞美，又是对婚姻美满的祝愿。

《毛诗序》中认为，《关雎》讲的是后妃美德，是用来教化天下从而矫正夫妇之道的。对于这种说法，唐代的孔颖达和宋代的朱熹两位大儒都举双手赞同。

孔颖达在《毛诗正义》中说："关雎麟趾之化，是王者之风，文王之所教民也。"朱熹的相关解释是，"淑女者，未嫁之称，盖指文王之妃，太姒为处子时而言也。君子则指文王也"。

他们眼里的《关雎》是王者之风、后妃之德，是带有政治和道德目的的。按照他们的理解，《关雎》的故事原型是文王姬昌及后妃太姒，男子最终求而得之，顺利地迎娶了心上人。

但在杜丽娘的故事里，《关雎》是少女的爱情启蒙诗，是"圣人之情，尽见于此矣，今古同怀，岂不然乎"，是少女爱情意识的觉醒。

作为《诗经》首篇，《关雎》的名声一直是响当当的。《论语·八佾》中评价它："乐而不淫，哀而不伤。"快乐却不放纵，悲哀却不过度悲伤。

发乎情，守乎礼，追求女子的目的就是和她结婚，这样的爱非常可贵。与之相比，"不求天长地久，只求曾经拥有"，完全是一种不加克制、缺少责任心的体现，算不得爱，不过是一种占有欲。

诗中的男子患上了单相思，但他爱得虽痴却不疯狂。如果他最终无法追求到心上人，他可能会伤心遗憾，继续思念一段时间，却不会忘记默默地送给姑娘一声祝福。毕竟，她是走进过他心里的人。

得到，就珍之重之一辈子。得不到，就送上一声祝福。不愧是君子所为!

江湖上曾经流传过这样一句名言：“一切不以结婚为目的的恋爱都是耍流氓。”嘴里喊着爱，心里却想着放纵与舍弃，这种所谓的爱只是欲望的遮羞布而已。

态度，最能见证一个人的真心。

真爱一个人，当如《关雎》中这个男子，只想对所爱的女子说：“我心悦你，我想与你永结同心，不离不弃。一生有多久，我便陪你多久。”他爱得克制，也爱得勇敢。在爱情里，勇敢的又何止男子，当女子遇上心仪的男子时，也会勇敢地说出自己的爱。

诗人韦庄的《思帝乡·春日游》，描述的就是一个勇于追爱的女子。

春日游，杏花吹满头。陌上谁家年少，足风流。

妾拟将身嫁与，一生休。纵被无情弃，不能羞。

一个情窦初开的少女，在春日游玩的时候，遇到了一个眉清目秀的美少年，少年白衣飘飘，几瓣杏花飞落到他的肩头，更显其风流倜傥。

这谪仙般的俊公子，一进入少女的视线，就轻易地燃烧了她的心。

少女爱得热烈，爱得大胆，她确定自己中意这个翩翩少年郎，就勇敢地表达了自己的意愿："如果能够嫁他为妻，这辈子也就没有遗憾了。哪怕有一天会被他无情地休弃，我也无怨无悔。"

一见钟情，所遇之人未必都是良人。可是，这个勇敢追爱的少女，宁愿错爱，也不愿错过爱。

一颗奔爱的少女心，敢给就敢心碎。不得不说，这个少女实在是个狠角色。面对所爱之人，既有奋不顾身的勇气，又有抽刀断水的底气。

说到这里，不由得让人想起元稹和崔双文的故事。还是穷书生的元稹，机缘巧合之下，找机会结识了富家女崔双文。

为了把崔双文这个"白富美"追到手，元稹利用自己出众的文采炮制了不少甜言蜜语，还使出了绝食的招数。好女怕缠郎，一番死缠烂打之后，元稹如愿获得了崔双文的芳心。

山盟海誓之际，赴京赶考的日子到了，元稹麻溜地奔向自己的前程。擅长推销自己的元稹，很快因才华横溢被京兆尹韦夏卿看上了，还有意收他做女婿。

"白富美"崔双文和"官二代"韦丛相比，元稹的情感天平自然是倾向于韦丛。不是崔双文不如韦丛，而是她能为元稹带来的利益不如韦丛。

崔双文也不是那般不洒脱之人，不至于一哭二闹三上吊。如果元稹坦荡地提分手，可能两人还能体面地互道一声祝福。

可元稹不仅要攀高枝，还要踩低枝。他毫不脸红地说："我自顾悠悠而若云，又安能保君皑皑之如雪。"

想抛弃人家，还要污蔑人家对他不忠，根本不考虑一个女子的名声在封建社会是何等重要。他心中只有自己的利益，所谓爱情，不过是他获得利益的工具。

幸亏崔双文不是个“恋爱脑”，看清了元稹的“渣男”本质后，她果决地选择了放手。后来，她遇到了对的人，婚姻幸福。

之后，元稹又厚着脸皮来骚扰崔双文，崔双文才不上他的当，挥笔写下一首诗扔给他：“弃置今何道，当时且自亲。还将旧时意，怜取眼前人。”

过去已经过去，还是把爱放在眼前人身上吧。拿得起放得下的崔双文，果决地断了“渣男”的一切妄想。

勇于开启爱情之旅，也勇于告别过去。无论是《关雎》中单相思的君子，还是《思帝乡》中思春的少女，抑或是远离“渣男”的崔双文，在爱情面前的表现都可圈可点。

爱就深爱，不爱也不伤人伤己，在狂热中始终保持一份理性与尊重，这样的爱才更容易有美好的结局。

【佳句积累】

窈窕淑女，君子好逑。

今译：贤良美好的女子，是君子的好伴侣。

［清］石涛《石涛江行画册》十二开之十一

周南·汉广　　汉有游女不可求

南有乔木，不可休思；汉有游女，不可求思。

汉之广矣，不可泳思；江之永矣，不可方思。

翘翘错薪，言刈其楚；之子于归，言秣其马。

汉之广矣，不可泳思；江之永矣，不可方思。

翘翘错薪，言刈其蒌；之子于归，言秣其驹。

汉之广矣，不可泳思；江之永矣，不可方思。

乔木：高大的树木。

休：休息。

思：语气助词。

汉：汉水。

游女：出游的女子。一说汉水女神。

错薪：杂乱的柴草。

刈（yì）：割。

楚：荆条。

秣（mò）：喂马。

蒌（lóu）：蒌蒿，嫩时可食，老则为薪。

驹（jū）：小马。

一个英俊健壮的小伙子，靠砍柴为生。他的生活里没有琴棋书画和诗词歌赋，只有砍柴喂马。

小伙子足够勤快，身上似乎有使不完的力气，他每天总是早早地上山，抡起斧头砍柴。虽然赚不了多少钱，但好在还能温饱无忧。

唱着山歌，砍着柴，饿了啃一口老母亲烙的饼，渴了喝几口水壶里的水，这样的时光简单而快乐。如果他没有遇到那个天仙般的女子，或许他会一直这么快乐下去。

那天，他砍了许多柴，走到河边时，累极了的他想要歇一歇，洗把脸。掬着河水洗完脸后，在仰起头的瞬间，对岸一个俏丽的身影闯进了他的视野。

那女子衣着华贵，气质出众，美得像一束光，刹那间照亮了他的眼，拨动了他的心。他虽然见识不是很广，却也知道这女子绝非小门小户的女儿。

这样才貌无双的富家女，岂是他这种家徒四壁的穷小子可以亲近的？明白自己和女子的云泥之别，他果断地决定：只暗恋，不表白。

不得不说，这年轻的樵夫足够聪明，在爱的同时还保持着一份理智，懂得门当户对的爱情才容易圆满。而他，无论是在精神上还是在物质上，都与他心中的“女神”相差太远。

“女神”不可能跟着他砍柴，他也不可能写出旷世名诗令“女神”倾心。他可以爱她，却不可以得到她。可是爱未必就要得到，他愿意就这样默默地爱她。

南方有高大的乔木，却不能在树下歇息。汉水边有心仪的女子，却不能追求她。滔滔汉水宽广无比，想要渡过去是不可能的。

樵夫和“女神”的距离，就像这滔滔不绝的汉江水，无法跨越。樵夫满腔的爱恋，只能化作尘埃里的一朵花，以一种卑微的姿态默默开放。如此，或许并没有什么不好。

年轻的樵夫时常游走在汉江边，回味着初见“女神”时的那惊鸿一瞥。他的心中呐喊着对“女神”的爱，却再也看不到“女神”的身影。

他幻想着“女神”要嫁给他了。他卖力地割取荆条、蒌蒿，把马儿喂得饱饱的，让马儿拉着车去迎娶“女神”。

然而，幻想不过是迅速破灭的肥皂泡。他很清楚，他和“女神”是两个世界中的人，根本不可能在一起。

他爱她，可他不能去追求，他知道这场爱情从始至终都是他一个人的独角戏。落花有意，流水无情。他爱她，默默无语，毫无指望，却又真诚炽热。无论爱多久，他的爱都不需要她来负责，几多悲，几多喜，统统与她无关。

印度诗人泰戈尔曾经说过："世界上最遥远的距离，不是生与死的距离，而是我站在你的面前，你却不知道我爱你。"所谓暗恋，大抵如此。

一个人品尝爱的苦涩与甜蜜，一个人折磨并感动自己。不是走不出这情网，而是心甘情愿沉醉其中。比如，大家所熟知的哲学家金岳霖。

"一身诗意千寻瀑，万古人间四月天。"这是金岳霖为林徽因撰写的挽联。金岳霖深爱林徽因，但他的深情里饱含着理性，从未有任何有违道德的交往。

或许是为了守护心中的"女神"，金岳霖总是与林徽因夫妇毗邻而居。他就站在她的不远处，默默地看着她幸福。

深爱一个人，却无法去追求她、得到她，这是暗恋的痛苦与无奈。

林徽因去世几年后，梁思成决定再婚，金岳霖听说后非常气愤，认为梁思成这样做是对林徽因的不忠，并因此和梁思成反目。

梁思成再婚的典礼，金岳霖没有出席。他到林徽因的墓前，诉说了他一生的爱。

曾有记者在采访中让金岳霖评价一下林徽因，他是这样说的："极赞欲何词。"

他太爱她了，以至于找不到合适的词来赞美她。

曾经有人邀请金岳霖为林徽因的文集写序，金岳霖拒绝了，他说："我所有的话，都应该同她自己说，我不能说。我没有机会同她自己说的话，我不愿意说，也不愿意有这种话。"

晚年，金岳霖把他的著作和一些贵重物品捐献了出去，唯独留下了林徽因送给他的书，还有林徽因陪着他买的书。和林徽因有关的一切，他都要留着。

暗恋，是一个人的狂欢，与他人无关。

唐代诗人崔仲容的《赠所思》中，也写了一个被单相思折磨的男子。

所居幸接邻，相见不相亲。
一似云间月，何殊镜里人。
丹诚空有梦，肠断不禁春。
愿作梁间燕，无由变此身。

男子和所爱慕的女子是邻居，按说理应是近水楼台先得月，他完全有机会得到女子的芳心。只可惜，虽然能经常看到那女子，却是郎有情妾无意。

无奈的他得不到她的爱，就想化身为一只燕子，飞舞在她家的屋檐下，以期和她更近一些，可是，这也只能是妄想。他做不了她的情郎，也做不了她家的燕子，只能继续忍受单相思的苦楚，一边思念，一边憔悴。

爱而不得，是暗恋者的宿命。

汉水畔那个痴情的樵夫，爱上了高攀不上的女子。他没有表白，更没有去死缠烂打，因为他知道，他们之间是爱与不爱的距离。

如果他厚着脸皮去表白，结局可能是女子拒绝时轻蔑的一笑，也可能是愤怒的呵斥，甚至是直接被女子的仆从打一顿扔出去。当然，一切皆有可能，也许她接受了樵夫。

被拒绝是结局，被接受却不可能是结局。如果女子接受了樵夫，结局大概是这样的：

一种结局是，樵夫的母亲看不惯不会洗衣、做饭、干农活的高门女，女子受不了山村单调清贫的寻常日子，婆媳矛盾不断升级。樵夫没有那么高的段位去处理家庭矛盾，只能夹在母亲和妻子之间，两头受气。日复一日，爱情渐渐被恨与怨替代，婚姻生活一地鸡毛。

另一种结局是，女子的家族极力反对女子下嫁，对樵夫威逼利诱，对女子百般阻拦，甚至直接把她关在家里不准出门，切断两人之间的一切联系。两人如果还想在一起，除了效仿梁祝化蝶，再也无路可走。

如此说来，樵夫的表白无论怎样都不会有好的结局。所幸，悲剧不会发生。因为，樵夫爱得很清醒。

文化和思想的差异，注定两个人的格局与眼界不会在同一个界面。生活环境的差异，又会导致他们有着截然不同的生活习惯及审美情趣。圈子完全不同的两个人，想要强行融入彼此的生活，简直比登天还难。

明知不可为而为之，是愚蠢；明知不可为就不为，是明智。樵夫不是莽夫，他很明智。他从遇到女子的那一刻就明白“不可求思”。他知道她是天上的云，而他只是尘埃中的泥。他可以仰望，却不可以得到。

那么，就把对“女神”的爱埋藏在心底吧。他照旧每天上山砍柴，下山喂马，心里藏着对女神的思念，这样的日子也没什么不好。

也许，不久后的某一天，他会求娶一位朴素实在的姑娘。他勤劳能干，她温柔体贴，一家人和和美美，共同经营平静温馨的田园生活。而他心中的那个“女神”，会被他用心地藏在心灵的最深处，就像一个裹挟在年少时光中的美梦，时而翻出来，独自回味一番，也是一种别样的甜。

【佳句积累】

汉有游女，不可求思。

今译：汉水岸边有一个美丽的女子，想要追求也只是徒劳。

[明] 张纪《人面桃花图》

召南·摽有梅　　众里寻他千百度

摽有梅，其实七兮。求我庶士，迨其吉兮。

摽有梅，其实三兮。求我庶士，迨其今兮。

摽有梅，顷筐塈之。求我庶士，迨其谓之。

摽（biào）：落下。

有：语气助词。

庶：众多。

士：未婚男子。

迨（dài）：及，趁。

吉：好日子。

今：现在。

顷筐：斜口浅筐，如同今之簸箕。

塈（jì）：取。

谓：开口说话。

春天眼看着就过去了。

村里到了婚嫁年龄的小姐妹们一个个地都嫁人了。只有她，那个对着满树的梅子发呆的姑娘，还没有等到求娶她的人。

树上的梅子早已成熟，由于没有人及时采摘，有些熟透了的梅子在枝头上呆不住，纷纷奔赴大地。这坠落的梅子，多么像姑娘的青春，过一天少一天。

梅子纷纷落地，树上还剩下七成，姑娘的内心也开始焦虑起来，她不再矜持，而是大胆地表露出心声："爱慕我的男孩，快来向我表白吧，请不要误了这好时光。"

梅子不停地往下落，树上只剩下三成了，姑娘更着急了："爱慕我的男孩，不要再犹豫了。"

梅子落下得越来越多了，要用簸箕才能收拾干净。树上的梅子已所剩无几，姑娘的青春也已接近尾声。

可是，姑娘的有缘人还是没有出现。为了尽快把自己嫁出去，姑娘又一次急切地说："爱慕我的男孩，快来求婚吧，不要再迟疑下去了。"

龚橙在《诗本义》中说："《摽有梅》，急婿也。"一个"急"字，展露了姑娘的恨嫁之心。

"梅"通"媒"，诗歌以梅起兴，梅子是姑娘的青春，也是姑娘的希望，她期待着能抓住青春的尾巴，迎来媒人上门。

据《周礼·媒式》记载，先秦时代，每逢仲春时节，当地的媒官会组织没对象的男女青年聚会，类似于现在的大型相亲会。

这个恨嫁的姑娘，在相亲会上，一次次地对那些未婚的男子们说："爱我就来告白，爱我就要勇敢，爱我就来娶我！"

她那么直白地表明了自己的态度，不惜将一颗恨嫁的心展示给人看，可是，爱她的人就是不出现。

诗中的故事没有结局，我们无法知道，姑娘到底有没有把自己嫁出去。但不管怎样，她努力过了，至于幸福会不会敲她的门，就交给时间吧。

恨嫁的女子，还有《芈月传》中那个女霸主芈月。

少女时期的芈月在楚宫中的生活水深火热，那时，她脱离楚宫生活的唯一希望就是出嫁。因此，在黄歇用《关雎》向她表白后，她大大方方地用《摽有梅》回复，毫不掩饰那一颗恨嫁之心。

有趣的是，这首恨嫁诗被运用到政治上，居然一点也不违和。

据《左传》记载，鲁襄公八年（前565），晋国人范宣子来到鲁国，想请鲁国帮助晋国对付郑国。但当时，范宣子也看不透鲁国的态度，就吟出《摽有梅》的诗句进行试探："摽有梅，其实七兮。求我庶士，迨其吉兮。"既表达了请求鲁国抓住时机伸出援手的意思，又为双方留有余地。

鲁国执政大臣季武子听了之后，"秒懂"了范宣子的意思，立刻用《小雅·角弓》中的诗句来表明鲁国的态度："骍骍角弓，翩其反矣。兄弟婚姻，无胥远矣。"意思是说，都是自己人，哪用分彼此，这个忙我们帮定了！

一场政治交易，就这样用几句诗顺利完成了。

有人认为，《摽有梅》是一首政治诗，诗中的"庶士"指的是人才，表明国君急于招贤纳士。

其实，恨嫁诗和求贤诗，两种说法是有相通之处的，二者都有把握时机及时行动的意思。因此，把恨嫁诗引申为求贤诗也无不可。

世人对《摽有梅》的诸多解读，还是更倾向于恨嫁诗。

满树的梅子接连坠落，待嫁的女子心中着急万分，她呼唤着爱她的人快来到身边，让他为她穿上出嫁的衣裳。

他来或者不来，随他。她的表白，是对爱情最后的交代。不管怎么说，表白了，总是会多一丝机会的。

中唐时期有一个名叫杜秋娘的少女，就是因为及时表白而赢得了美好的爱情，并改变了人生的走向。

杜秋娘只是个小家碧玉，十五岁那年，因为长得美被浙西观察使李锜看上，花费重金买回府做歌舞姬。杜秋娘在一次表演中，唱了一首《金缕衣》："劝君莫惜金缕衣，劝君惜取少年时。花开堪折直须折，莫待无花空折枝。"

词句好，杜秋娘唱得也好，李锜被打动，将杜秋娘纳为侍妾，对她宠爱有加。杜秋娘每天唱歌跳舞之余，和李锜谈情说爱，日子也算惬意。

后来，李锜造反，唐宪宗出兵平叛，李锜丧命。杜秋娘被纳入宫中，成为宫中的一名歌舞姬。身为歌舞姬，表演是少不了的。杜秋娘又唱起了《金缕衣》。

由歌女到高官侍妾再到歌女的坎坷经历，渐逝的青春，无望的将来，都让杜秋娘感慨万千，她将这首《金缕衣》唱得深情切切，余音绕梁。连她自己都不敢相信，这一首《金缕衣》竟然让她得到了唐宪宗的青睐，将她封为秋妃。

妾也好，妃也罢，归根结底是在给人做小，与若干女子共享一个男人的爱。这样的爱，是现代女子所不屑的。可是，对于生活在男子可以三妻四妾的唐代的杜秋娘来说，这已经是她所能争取到的最好的爱情了。

《金缕衣》是杜秋娘的爱情表白，那枝头的花朵是她的青春，青春易逝，她希望的是在青春正好的时候遇到她的归宿。所幸，她遇到了。

也有些女子，终究是难以遇到有缘人。比如，唐代秦韬玉诗中的那个贫女。

贫女

蓬门未识绮罗香，拟托良媒益自伤。

谁爱风流高格调，共怜时世俭梳妆。

敢将十指夸针巧，不把双眉斗画长。

苦恨年年压金线，为他人作嫁衣裳。

她出身贫寒，在她的世界里，没有锦衣玉食。在嫌贫爱富的社会风气中，女子嫁人想攀高枝，男子娶妻想入高门。这个贫穷的女子，在爱情的市场上几乎无人问津。

她是个品行高洁、有情调的女子，十指灵巧，针线活非常好，平时靠着为富人家做些绣活贴补家用。这样的她，纯洁朴实，谁若娶到家中，必是难得的贤妻良母。可是，却一直没有媒人上门。

她也期待有一份属于自己的爱情，期待相夫教子过完这一生。但日复一日，年复一年，她手里绣的嫁衣，都是那些富家小姐的，没有一件是自己的。

什么时候才能为自己做嫁衣呢？似乎是遥遥无期。

她不知道，她能不能等得到那个人出现。她只能在一声声叹息里，继续绣着别人的嫁衣。

《一棵开花的树》中写道："如何让你遇见我，在我最美丽的时刻。为这，我已在佛前求了五百年，求他让我们结一段尘缘。佛于是把我化作一棵树，长在你必经的路旁，阳光下慎重地开满了花，朵朵都是我前世的盼望……而当你终于无视地走过，在你身后落了一地的，朋友啊，那不是花瓣，是我凋零的心。"

一个向往爱情的女子，期待着在最美丽的时刻，遇见她的情郎。她就像一棵开花的树，站在他必经的路上，等待他为她驻足。然而，他只是匆匆而过，没有停留，甚至没有看她一眼。

他的身后，落了一地的花瓣，那是女子碎了的心。等爱，盼爱，爱却形同陌路。没有比这更让女子伤怀的了。

表白过，等待过，呼唤过，却没有回响。梅子树前，那个热烈直白的少女，依然在眼睁睁地看着枝头的梅子越来越少，她怀着最后一丝希望说："如果爱我，就请你赶快来娶我吧。"

满地的梅子，冷眼旁观着女子渐少的青春。她不知道，她的青春里，还会不会有一个多情的少年郎坚定地走向她，温柔地对她说："嗨，我来了。"

【佳句积累】

求我庶士，迨其谓之。

今译：想要求娶我的男子，快快开口，不要再迟疑了。

[明]沈周《东庄图册·折桂桥》

召南·野有死麕　愿得一人共白首

野有死麕，白茅包之。有女怀春，吉士诱之。

林有朴樕，野有死鹿。白茅纯束，有女如玉。

舒而脱脱兮。无感我帨兮。无使尨也吠。

麕（jūn）：同“麇”，獐子。比鹿小，无角。

白茅：草名，开白花。

怀春：思春。

吉士：古时对男子的美称。

朴樕（sù）：小木，灌木。

纯束：捆扎。

舒：舒缓。

脱（duì）脱：动作文雅舒缓。

感（hàn）：通“撼”，动摇。

帨（shuì）：佩巾，围裙。

尨（máng）：多毛的狗。

西周初期，山脚下的一个小树林里，年轻英俊的猎人身边，放着一头刚刚死去的獐子。此刻，那猎人正小心翼翼地用白茅包裹獐子，准备把它送给心爱的姑娘。

想想那画面，就觉得美。那时候，天蓝草碧，水清花艳，环境美得像一幅天然的风景画。画面中，浑身散发着力量的年轻猎人，正准备向姑娘表达爱意。

他表达爱意的礼物，是他刚打的一只獐子。比起现代社会里，男子给恋人送玫瑰花和钻戒甚至车与房，这个年轻猎人的礼物确实算不上贵重，却能看到诚意。他亲手打的猎物，又细心地用白茅包好，那郑重的态度，足以显示他的至诚。

《周易·大过》中说："初六，藉用白茅，无咎。"意思是在祭祀的时候，把器物放到白色的茅草垫上，使它更加安稳，不会发生灾祸。猎人用白茅包獐子，也是花了心思的，他希望这份礼物能让他的爱情和婚姻都顺利。

在那个时代，新鲜的猎物就是一个猎人所能拿出的最好的礼物。所谓爱，也不过是倾己所有、尽己所能给出最好的。这一点，渴求爱情的猎人做到了。

事实上，比起一些华而不实的东西，猎物是最实用的礼物了。

当时哪个姑娘能收到新鲜的猎物，也是件很有面子的事。如果那时候有微信，姑娘一定会拍张图片，在朋友圈里秀一秀那新鲜的獐子，图上空白处隐含炫耀地写着：他送的。

獐和鹿，是古人求亲时的必备聘礼。诗中引用獐和鹿，意在说明，猎人对姑娘绝对不是一时的见色起意，而是想要牵手一生的。

确定了恋爱关系的男女，在激素的刺激下，总是容易冲动。约会时，猎人在情欲的驱使下，慢慢地脱去姑娘的外裳，又去解姑娘的腰带，姑娘不好意思地阻止他说："别碰我的腰带，别动我腰上的佩巾，别那么冲动，别惊动了我家的小狗。"

《诗经注析》中说："这是描写一对青年男女恋爱的诗。男的是一位猎人，他在郊外丛林里遇见了一位温柔美丽的少女，就把猎来的小鹿、砍来的木柴用洁白的茅草捆起来作为礼物，最终收获了爱情。"

先秦时期，封建制度还没有确立，男女之间并不存在"礼"之大防，恋人在婚前私下见面的事情时有发生，他们对爱的态度大胆直接，他们的爱如空旷原野上的雾气，如蔓生的野草，朴实率真。

有人说《野有死麕》是一首淫艳的诗，那是因为他们忽略了当时的社会现状、民俗风情及文化背景。

诗中男女的所作所为，并不违背当时的社会道德标准。况且，诗的结尾仍有留白，真正的结局任你猜。

不管怎样，主宰他们的是爱，牵引他们的是婚姻。这就够了。

其实，跟那些香艳的诗比起来，这首诗不过是一首火辣辣的情歌，诗中包含的是纯粹的男女之情。

清代方玉润撰写了《诗经原始》，在汉宋之学的基础上，独辟蹊径，将“恶无礼”“淫诗”等说法逐一辩驳否定之后，表明了自己的态度：“愚意此必高人逸士抱璞怀贞，不肯出而用世，故托言以谢当世求才之贤也。”

方玉润认为，这首诗记述的是一位拒绝出山做官的高人隐士，婉拒当世求贤的人。这种解读从诗的本义去探究诗的原始意义，视角独特，倒是为解读诗经提供了一个新的研究方向。

“恶无礼”“淫诗”“拒招隐”这些论调，说到底都逃不脱经学的束缚与限制。到了现代，反而有更多的人愿意相信它的本质是情诗。

历史学家、民俗学家顾颉刚明确地说过：“《召南·野有死麕》是一首情歌。”文学史家、杂文家陈子展也在《诗经导读》中说：“《野有死麕》是描写一对青年男女恋爱的诗歌……两心相许，彼此都从对方获得了爱情。”

清幽的树林，美丽的姑娘，温热的獐子，健壮的猎人，爱情猝不及防地将他们融合在一起。时光很美，爱情很美，那充满了野性之美的情歌经过岁月的打磨，愈发迷人。

《邶风·静女》也是一首写幽会的诗。

静女其姝，俟我于城隅。爱而不见，搔首踟蹰。

静女其娈，贻我彤管。彤管有炜，说怿女美。

自牧归荑，洵美且异。匪女之为美，美人之贻。

男子的恋人是一个美丽娴静的姑娘，他们相约在城角见面。到了约会的时间，姑娘故意躲藏起来，想要看看男子有多少耐心等候。

男子准时来赴约，却没有看到姑娘的身影。随着时间的流逝，他的内心越来越焦急。他在原地不停地徘徊着，渴盼着姑娘的到来。

急得抓耳挠腮的男子，拿出姑娘送给他的彤管，回忆着和姑娘在一起度过的那些美好时光，内心也变得安静下来。

他拿着彤管，如同看到了那可爱的姑娘。彤管是他最珍视的礼物，因为，那是姑娘对他的深挚情意。为了这份情，他愿意等下去，等到姑娘出现为止。他相信，她一定会出现。

在这个故事里，男子在焦急地等待姑娘赴约，虽然不知道姑娘会在哪一刻出现，他却愿意坚定地等下去。

等待，最是煎熬。可是，有时候，有人可等也是一种幸福。只要她来，早一点晚一点都没关系。为了爱，他愿意等。

他是幸运的，因为她并非爽约，只是故意藏起来观察他的反应而已。看到他焦急的样子，知道他心中是重视她的，她就会忽然现身，调皮地大笑着跟他打招呼。而他，则会喜悦地迎上前，紧紧握住她的手，再也不想松开。

恋人出来幽会，这倒有点像现代的自由恋爱，情投意合的单身男女，用相见解相思。

年轻的时候，谁的心里没有住过一个可爱的人呢？自由自在地爱一场，等到白发苍苍、韶华不在时，回忆这一生，才不会觉得有遗憾。

时至今日，我们依然可以吟咏这首古老的歌谣，穿越时光的封印，感受古今相通的情感，遇见另一个纯粹的自己。

【佳句积累】

白茅纯束，有女如玉。

今译：捆扎的白茅送给谁？那位姑娘颜如玉。

[清] 萧云从《萧尺木设色山水册》

卫风·有狐　心悦君兮君知否

有狐绥绥，在彼淇梁。心之忧矣，之子无裳。

有狐绥绥，在彼淇厉。心之忧矣，之子无带。

有狐绥绥，在彼淇侧。心之忧矣，之子无服。

绥（suí）绥：慢走貌。

淇：卫国水名。在今河南浚县东北。

梁：河梁。河中垒石而成，可以过人，也可用于拦鱼。

之子：这个人，那个人。

裳（cháng）：下身的衣服。

厉：河水深，摆渡处。

带：束衣的带子。

侧：水边。

服：衣服，指上衣。

［明］文徵明《浒溪草堂图》

淇水岸边，一个容颜俏丽的少妇偶遇一个身材魁梧的男子。

少妇失去了丈夫，男子失去了妻子。他们都是痛失爱侣的可怜人。

斯人已逝，多少思念的泪水都唤不回归来的脚步。曾经的爱已永远随那人的离开封存，逝者已逝，活着的人还要继续活下去。

无尽的思念之后，少妇终于决定放下，放下对亡者的执念，让美好的过去静止在回忆里，去打开新生活的大门。

这天，她化了淡淡的妆，穿上了崭新的衣裙，像怀春的少女般，轻盈地漫步在淇水畔。水中，她的影子依然美丽，连鱼儿都被吸引了过来，游来游去，搅碎了她的影子。她微笑了一下，转身向前走。

石桥上，一个身穿玄色衣衫的男子正缓缓走下桥来。他的步子很沉，脸色也有点凝重。自从失去了妻子，他的生活就再也没有了光。

走近了看，能看出他的衣衫已经非常破旧了。衣服上原有的破洞被细细织补过，现在又烂开了点小口儿，不仅如此，衣服上还有新的破洞出现。落魄、潦倒，用这样的词来形容他是再合适不过了。

她向桥的方向走去，他从桥的方向走来。冥冥中，似乎有一只无形的大手把他们往一块撮合。她抬头的瞬间，看到了他的破衣烂衫，看到了他被愁苦笼罩的英俊面孔。她的心中无端蹿起簇簇火苗，她明白，她沦陷了，沦陷在他的沧桑里。

他慢慢地走着，高大的身影从石桥到浅滩，一路上牵扯着她的心。她在心里默默地说："真愁人啊，他连件像样的衣服都没有。真让人心疼，他的旧衣衫上连个腰带都没有。他没有好衣服穿，我心里真悲伤。"

男子没有听到她的心声，依旧在缓缓独行。她小声地说："如果他娶了我，我会给他做新衣裳，会给他绣新腰带，会让他穿得漂亮舒适。"

男子的身影在女子的目光中聚焦，不知道他会不会心有灵犀，回头凝望一下那温柔善良的女子，对她温柔地说一句："我们可否同行？"

聪明的作者没有写出故事的结局，而是给读者留下了思考的空间。这对男女，谁会先开口？开口后会不会被拒绝？他们会不会在一起？这些问题没有标准答案，似乎每一种情况都有可能发生。

或许，结果并不重要，重要的是，一次美丽的邂逅，一份美丽的悸动，足以让他们灰暗的日子闪出点亮光。哪怕相遇时的那一个闪念，终究只能化为一个遗憾，也总好过于没有。

失去配偶的人重新组建家庭，于情于理都无可非议。这首诗，讲述了一个寡妇有心求偶的故事，在《诗经》众多的爱情诗中尤为独特。

关于这首诗，还有一种看法是，讽刺卫国没有实行“多婚”之策，使失夫失妻的男女不能结合。《周礼》中有十二条政策，其中第十条就是多婚，意思是提倡失去配偶的男女相互结合。

《毛诗序》云：“《有狐》，刺时也。卫之男女失时，丧其妃耦焉。古者国有凶荒，则杀礼而多昏，会男女之无夫家者，所以育人民也。”说是讽刺诗有些牵强，鼓励失去配偶的男女重新寻找幸福倒是真的。

宋代朱熹《诗经集传》中记载：“国乱民散，丧其妃耦，有寡妇见鳏夫而欲嫁之。故托言有狐独行，而忧其无裳也。”

这些都印证了“寡妇求偶”的版本。

这个故事还有另外一个版本。

丈夫久役在外，妻子在淇水岸边，看到一只狐狸形单影只地走着。狐狸很可怜，就像她那远在战场的丈夫，无奈、愁苦。

狐狸在浅水处湿了腿脚，又踩着水中的石头一步步地走到岸上。这年轻的妇人看到狐狸，不禁担心起丈夫来：丈夫还没有御寒的衣服呢，也没有可以束紧衣裤的带子。不知道他在边境冷不冷，去时穿的衣服还能不能穿。

丈夫出征后，她日思夜想，每天都幻想着丈夫会突然回来。然而，南飞的大雁飞回又飞去，岁月匆匆，她的丈夫却还是不见踪影。

她多么希望没有战乱，没有离别，让她和丈夫可以安安稳稳地过男耕女织的太平日子。流年似水，她要的不过是安宁的生活，却也不能如愿。

战乱拆散了太多相濡以沫的伴侣，留下了太多孤单的妇人。男人在服役，妇人在担心，担心丈夫能否吃饱穿暖，担心他能否平安归来。

时光就这样一天天地过去，他们的故事却还没有结束。

或许，她的丈夫会像《小雅·采薇》中的主人公一样，在一个大雪纷飞的日子里回来。

昔我往矣，杨柳依依。今我来思，雨雪霏霏。

行道迟迟，载饥载渴。我心伤悲，莫知我哀。

当初，他在春天的柳树下与她告别。如今，战争终于结束，虽是一个漫天飞雪的冬季，他却还是紧赶慢赶地往家乡走。

路途遥远，他不知道这个冬天能否走得到家。雪花迷人眼，朔风薄人衣，道路非常难走，他又渴又饿，身体也疲累到了极点。可是，他却不愿意停下脚步。

或许，他还算是幸运的，毕竟他踏上了归程。还有许多和他一样的征夫，永远留在了战场上，他们远在家乡的妻子，再也等不到他们回去。

这个艰难地往家乡前行的征夫，一路上回想着战争的残酷，想念着家乡的亲人，内心百感交集，更多的是悲伤。

家乡，有一直牵挂他的家人，虽是粗茶淡饭、粗布麻衣，却也足以温暖身心。如果可以，他希望这次回去后，和家人再也不分开。

《有狐》中那女子的丈夫，或许也是这样一个归途中的小兵，抑或是永远留在战场中的那些人之一。不管怎样，他都存在于她的想念里。这个版本倒也说得通。

有趣的是，这两个版本都是以狐比男子，男子如狐，孤单落寞到惹人怜惜。现在，让我们回到“寡妇求偶”的版本中去，如狐的男子，自然也是长着一副好容貌的，不然，都落魄到那种地步了，凭什么博得女子的爱意呢?

爱美之心，人皆有之。男人爱美女，女子爱俊男，倒也无可厚非。一见钟情本质上就是从颜值开始的爱情，至于因对方的高尚人品、良好性格等产生的爱情，那叫日久生情。

《有狐》的故事是一见钟情。

狐的形象，在很多文学作品中都出现过。《山海经》中的九尾狐，象征的是祥瑞。东晋郭璞在《山海经注》中赞美狐的形象为：“青丘奇兽，九尾之狐。有道祥见，出则衔书。作瑞于周，以标灵符。”意思是说，九尾狐是祥瑞的象征，遇到九尾狐则意味着要有好事发生。

九尾狐还象征着婚姻。《吕氏春秋》等古籍中记载有大禹娶妻的故事。大禹三十岁时，还没有女朋友，但是大禹不慌，他觉得天下之大，必有一个女子会成为他的妻子。

果然，婚姻是有定数的。大禹经过涂山时，有一种婚事将临的预感。他心想：一定是有人想要嫁给我。这时，一只九尾狐走到了他的面前。他听到了涂山人的歌声：“绥绥白狐，九尾痝痝。我家嘉夷，来宾为王。成家成室，我造彼昌。”

歌词的大概意思是“独行的白狐，九个尾巴又粗又长，大禹和涂山姑娘结为伉俪，我们这儿将永远繁荣昌盛”。

缘分已到，天降祥瑞，大禹就这样“脱了单”。

除了祥瑞和婚姻，狐还代表着爱情与友谊，忠诚与侠义，这样的故事，大多发生在《聊斋志异》中的狐身上。

不过，从总体来看，狐的形象大多还是用来象征爱情。

作家三毛曾经说过：“爱情，如果不落实到穿衣、吃饭、数钱、睡觉这些实实在在的生活里去，是不容易天长地久的。”

真正的爱情，都会将爱落实到生活中的柴米油盐里。《有狐》中描述的就是这种爱，因为爱，所以关心他有没有衣服穿，想要为他做衣服、绣腰带，让他穿得暖而美。

被人如此爱着，是幸福的。如此爱着某人，也是幸福的。

【佳句积累】

心之忧矣，之子无服。

今译：我的心里真忧愁，他连衣服都没有。

[明]唐寅《班姬团扇图》

邶风·简兮　相思不过梦一场

简兮简兮，方将万舞。日之方中，在前上处。

硕人俣俣，公庭万舞。有力如虎，执辔如组。

左手执籥，右手秉翟。赫如渥赭，公言锡爵。

山有榛，隰有苓。云谁之思？西方美人。彼美人兮，

西方之人兮。

简：一说鼓声，一说形容舞师武勇的样子。

万舞：舞名。由文舞和武舞两部分组成。先是武舞，舞者手拿兵器；后是文舞，舞者手拿鸟羽和乐器。

俣（yǔ）俣：魁梧高大的样子。

辔（pèi）：马缰绳。

籥（yuè）：古乐器，形状像笛子。

翟（dí）：野鸡的长尾羽。

赭（zhě）：赤色的矿物颜料。

锡：赐。

爵：青铜制酒器。

西方：西周地区。西周在卫国的西方，故称“西方”。

美人：指舞师。

夜已深，人不寐。

月光下，一个身着宫装的女子仰望天空，那热热闹闹挤满了天空的星星，那清清冷冷独自皎洁的月亮，有谁知道这个女子内心的悲哀呢？

宫墙之内，有主子，有奴仆，有恩宠，有薄凉，唯独缺少了令人心动的爱情。她以为，她的一生也就如此了，对一个男人心动，那是不可能的。直到那一天，宫廷的宴会上，她看到了他。

咚咚的鼓声里，他身着玄色舞服立在那里，高大魁梧，英姿勃勃。万舞开始了，他站在队列的最前方，那充满了力度的双臂，将冰冷的武器舞出了别有风味的美。

看着那威武健美的舞姿，她只觉得浑身热血沸腾，她想高声叫好，可是，她不敢。宫门似海，身在其中，再热烈的情感，也只能牢牢地压制在内心深处，绝不能随意宣泄。

在这豪华的宫廷之中，不知道隐藏着多少双窥探的眼睛，她素来知道，她的一言一行都大意不得，稍有疏忽就是万劫不复。因此，她只能默默地欣赏他的舞姿，默默地赞叹，将所有狂热的情愫都掩藏到淡漠的面孔之后。

武舞之后是文舞，他一手拿着美丽的羽毛，一手拿着乐器。乐声悠扬，舞姿翩翩，专注于表演的他雍容优雅，如一只开屏的孔雀，而她，就是那只被吸引了的雌孔雀，不由自主地陷入了爱河。

他面色红润，舞姿优美而有力度，一双明亮的眼睛深邃无比。无论是手握缰绳似织布的动作，还是手拿羽毛挥动的动作，都充满了魅力。连一向挑剔的卫公都表示赞赏，还开心地赐酒给他。

她悄悄地打量他，健美的身姿、英俊的脸庞，在她眼里都是美不胜收的风景。可是，她无法靠近他。宴会之后，她再也没有见过他，她甚至连他的名字都不知道。

她能做的，也只是在无数个不眠的夜晚，回忆那一场精彩绝伦的表演，回味那一场视觉的盛宴。她深知高山上的榛树和低田里的苦苓是不可能有交集的，却依然放不下对他的思念。

他是谁，她不清楚，只知道他来自西周地区，机缘巧合之下，才有了在卫国的这场献舞。舞毕人去，对于一个舞者来说，这样的经历应该是无数次了。他或许永远也不会知道，他的一场表演，居然唤醒了一个宫廷女子的爱情。

女子还在思念，而这思念，说到底不过是一个人的爱情臆想。她的爱，他是无从知晓的。她的爱，也不敢让任何人知道。这样无望的爱，却是她单调枯燥的人生中，难得的一抹瑰丽色彩。

不眠的夜里，她在思念。他知不知，又有何妨？爱而不得，就是她的宿命，但那总好过于从未爱过。这世间，有千千万万个男子，却只有他一人，在不经意间，闯入她的心中，寄居下来，直到天荒地老。如此甚好。

一个人的爱情，要么是默默地爱与思念，对方从不知；要么是一人有心，一人无意，表白遭拒，各奔东西。没有人知道，自己会在哪一刻遇到一生所爱。

唐朝诗人张泌，初入仕时，曾遇见一个美丽的姑娘，从此，记心上，再难忘。

那是一个春日，浣花溪上，面容姣好、秀发如云的姑娘眼波流转间，就勾走了诗人的魂。他不禁想要上前问一声，是否可以和她约会。姑娘掩嘴一笑道："你这个书呆子，别自作多情了。"

诗歌到此戛然而止。有人说，张泌和姑娘相恋过一段时间，后来因地位差异而分手。也有人说，这场相遇只是张泌的一见钟情，姑娘并未对他动心，自然也不会和他发生什么故事。

那个春日里的可爱姑娘，到底有没有爱过张泌，就这样成了一个谜，谜底不详。但可以确认的是，张泌确确实实爱过那个姑娘。

一别经年之后，他依然想她梦她，写下了《寄人》这首诗向她告白。

别梦依依到谢家，小廊回合曲阑斜。

多情只有春庭月，犹为离人照落花。

"谢"字，并非姑娘的姓，唐人常将所爱的女子称为"谢娘"，因此用“谢家”来指代所爱女子的家。在梦中，诗人来到所爱女子家中，经过回环的走廊，寻寻觅觅，想要看一眼那美丽的姑娘，却终不得如愿。

月光照着庭院里的一地落花，除了孤独还是孤独。那逝去的青春，那远方的女子，只在梦中。他不知道她身在何方，日子过得好与不好。往事不堪回首，再多的思念，再真的告白，又有何用呢？他，再也回不到初见她的那一天。

她的名字，被他珍藏在心灵隐秘的角落里，不肯轻易说出，只是用谢娘来代替。浣花溪上那妩媚的姑娘，给了他多少惆怅，多少相思，都被诗人揉进《寄人》之中，她知或不知，他爱的告白都在，历经无数的时光，依然鲜活地存在着。

唐代崔颢也在诗中写过一个女子的告白。

长干曲四首（其一）

君家何处住，妾住在横塘。

停船暂借问，或恐是同乡。

在水上，她偶然遇到了他，一见倾心。作为一个船家女，她是大胆的，既然喜欢邻船那朴实的小伙子，就干脆主动和他搭讪。听口音，他们似乎还是同乡。姑娘更高兴了，就主动对小伙子说：“你家住哪里呀？我家住在横塘，之所以停下船来问你，是觉得咱们有可能是同乡呢。”

对于这个热情的姑娘，小伙子大概也是不反感的，因此，他认真地回答道：

家临九江水，来去九江侧。

同是长干人，生小不相识。（《长干曲四首（其二）》）

是同乡，又都经常生活在船上，却直到今日才相识。小伙子的回答中，有对过去的惋惜，有对今日的庆幸，虽然相逢恨晚，但好在总算是相遇了。

看来，两个人对对方的第一印象还不错。至于他们会不会由此相恋并携手一生，就不得而知了。反正是该告白的告白了，该表态的表态了，个人信息也交换了，缘深缘浅就交给时间去验证吧。

相比之下，这勇敢的船家女算是幸运的了，有胆量向所爱的人表白，有机会与所爱的人携手。而张泌只能在梦中去寻觅所爱的人，那爱上了舞者的女子，只能在心中默默地思念所爱的人。

爱而难言，爱而不得，终归是人生中的一件憾事。莫问情为何物，这世间，“情”字太难解。

【佳句积累】

山有榛，隰有苓。云谁之思？

今译：高高的山上有榛树，低湿之地有苦苓。朝思暮想的是何人？

[明] 姚绶《三绝图册》

[明] 沈士充《郊园十二景图·浣香榭》

魏风·汾沮洳　入骨相思知不知

彼汾沮洳，言采其莫。彼其之子，美无度。美无度，殊异乎公路。

彼汾一方，言采其桑。彼其之子，美如英。美如英，殊异乎公行。

彼汾一曲，言采其藚。彼其之子，美如玉。美如玉，殊异乎公族。

汾：汾水，在今山西省中部地区。

沮（jù）洳（rù）：水边低湿的地方。

莫：草名。

彼其之子：他那个人。

度：衡量。

殊异：优异出众。

桑：桑树叶。

英：花。

曲：河道弯曲处。

藚（xù）：药用植物，即泽泻草。

无爱的青春太苍白，若是在少女怀春的年纪，能有一个神采飞扬的少年郎住进心房，无疑是一件幸福的事情。汾河边那个正在辛勤劳动的少女，就是一个幸福的姑娘。

汾水岸边的湿地上，少女采着莫菜，一棵又一棵，少女的手灵巧地上下翻飞。那个少年郎，长得极其好看，在少女看来，那个人可比公路强太多了。

汾水滔滔，少女忙着采摘桑树叶，那个英俊的少年郎，还在她的心里抹着蜜糖，在她看来，那个人可比公行强多了。

汾水拐弯处，少女在采摘泽泻菜，那个迷人的少年郎，牢牢地占据了她的心，在她眼里，少年品貌俱佳，和那些公族一点都不一样。

公路，掌管君王四驾的官；公行，掌管王公兵车的官；公族，掌管君王宗族事务的官。他们都是国家的官员，一般人自然是不能与之相比的。

这个貌如美玉的少年郎，只是普通人家的，也没有官职在身，可是，在少女看来，他比那些有官职的人可爱多了。

情人眼里出潘安，在少女看来，那个少年郎是这世界上最优秀的男子，他的俊美、才识与品德，甩那些官员不知几条街。

家境好怎样？工作好怎样？地位高又怎样？在少女的眼里，那些人全都不如她心中的少年郎。她的眼里只有他，别人的好与不好，她都看不见。

年轻时的爱情就是如此热烈而执拗，爱上一个人，就会觉得他处处都好，觉得他完美无比。他或许家世平平，或许还背有债务，但在爱他的人眼中，那都不是事儿。有情饮水饱，她坚信自己可以陪他面对一切。

她是那么爱他，只要想到他，嘴角就会泛起掩不住的笑意。或许，在饱经风霜的人看来，这样的爱情盲目而幼稚。可是，爱情这种事儿哪有理智可言，她爱他俊美的皮囊，也相信那俊美的皮囊之下包裹着的是有趣的灵魂。

生活的平淡，劳动的疲累，很容易让年轻人怀疑世界的美好。但只要有了爱情，心里装进了那个人，就像发掘了甜蜜的源头，什么时候想一想，都是甜的。

爱情，是枯燥生活里的那把糖。有，总是要比没有让人觉得幸福。

少女爱着少年，不知道那个少年是否知道，或许是不知道的吧，但这并不影响少女的幸福感。

爱一个人，不一定要说出来，也不一定要得到。

就像《诗经》中的很多爱情故事一样，这个故事也有留白。故事的结局可能是女子的一厢情愿，女子有情男子无意，男子早有意中人；也可能是情投意合，喜结连理。无论结果怎样，都不妨碍女子爱慕男子时的幸福感，如此足矣。

至少，在漫长的一生中，曾经有一份爱使那女子的心甜蜜过。比起一些从未遇到过令自己心动之人的女子，这少女也算是幸运的了。

关于这首诗的主旨，也有些不同的声音。《毛诗序》中说：“《汾沮洳》，刺俭也。其君俭以能勤，刺不得礼也。”这种看法是说，君子亲自采摘野菜，有失体统，因而作诗讽刺。

《韩诗外传》认为：“虽在下位，民愿戴之，虽欲无尊，得乎哉！”把这首诗看作了颂贤诗，意思是说，贤者隐居在这里，自己采莫、采桑、采蕒，身处低位，才德却远远高于公路之类的人，从而得到了民众的推崇。

这两种说法都未免牵强，本来只是一首纯粹的情诗，硬是要跟刺诗、颂诗扯上关系，与文本语义着实不符。闻一多先生在《风诗类钞》中指出“这是女子思慕男子的诗”，才算是精确地切中了诗意。

汾水边的那个少女，对那些有官职的青年才俊视而不见，只对那个俊美的少年郎一片痴心。可见，当一个女子迷恋上一个男子时，眼里就再也看不到其他男子的好。

玛格丽特·米切尔的小说《飘》中，少女时代的斯嘉丽，活泼美丽，吸引了很多爱慕的目光。但她却对围绕在身边的所有适龄男子都不屑一顾，唯独迷恋上了阿希礼。

说起来，斯嘉丽和阿希礼也算是青梅竹马了。但小时候，她看着他在眼前晃来晃去的，却从未放在心上。那时候，或许是因为她还没有到怀春的年纪，她并没有爱他，甚至连喜欢也谈不上。

斯嘉丽的爱，是从阿希礼成年后的一次拜访开始的。

当时，阿希礼去欧洲旅游了三年，一回来就特地到斯嘉丽家里拜访。那天，她正站在屋前的走廊上，远远地看到他骑着马从林荫道上过来，他穿着灰色的衣服，领口上打着一个黑色的蝴蝶结，阳光给他的身影镶上了一层金边，看上去很美。

很久之后，她依然记得他穿戴上的每一个细节，靴子很亮很干净，黑色蝴蝶结上的别针有玉石浮雕的女妖头像做装饰，那顶宽边的巴拿马帽子，在看见她的时候，被他及时拿到手里。

他潇洒地从马上跳下来，随手把缰绳扔给旁边的黑孩子，站在那里温柔地望着她。他大大的灰眼睛里有着朦胧的光，透着笑意，阳光照在他金黄色的头发上，像是给他戴了一顶耀眼的王冠。

他向前一步，离她更近了些，温和地对她说："斯嘉丽，原来你已经长成大姑娘了。"他的声音充满了磁性，听见这音乐一般的声音时，她的心跳得厉害，那一刻，她深深地理解了"怦然心动"这个词。

如同一个孩子爱好吃的东西，爱好玩的马，爱温软的床，她在那一瞬间就爱上了眉目清朗的阿希礼。

从那之后，她参加的每一场舞会、宴席，都要求他陪着。他从来没有向她求过爱，可她却固执地相信他爱着她，就如她爱着他一样。

欧洲、书本、音乐、诗歌，斯嘉丽对这些东西完全不感兴趣，阿希礼却一谈论起这些东西就兴奋不已。她听得烦死了，却又很想听。其实，她所享受的只是他的声音与陪伴，为此，她愿意忍受那些让她讨厌的谈话内容。

她并不了解他的内心世界，但她偏偏爱他。这是一个少女的盲目，也是一个少女的专情。好在多年之后，她终于明白，她和他，就像当初他结婚前夕拒绝她的那样：“像我们俩这样没有共同志趣的人，光有爱情，就是结了婚也不会美满。”

不再是单纯少女的斯嘉丽，终于醒悟了，她发现自己当初爱的只是自己虚构的一个偶像，是自己一厢情愿的想象。对阿希礼的一片痴情，不过是她给自己编织的一场梦。

《汾沮洳》中的少女痴痴地爱着一个俊美的男子，至于她的爱能否修成正果，就不是这首诗要表达的内容了。

爱情的最后，到底会走向哪里，谁也说不清。《汾沮洳》的爱情是美的、暖的，这份爱让一个少女的心灵丰富而愉悦。至于以后会怎样，诗中留下了太多的思维发散空间，过程和结局都有很多种可能。

童话的结局往往是“从此，王子和公主过上了幸福的生活”。我们也可以给《汾沮洳》一个童话般的结局：不久，她和他举办了热闹的婚礼，从此过上了幸福的生活。

【佳句积累】

彼其之子，美无度。

今译：他那个人，俊美得无法形容。

[清]石涛《陶渊明诗意图》

小雅·隰桑　　此爱绵绵无绝期

隰桑有阿，其叶有难。既见君子，其乐如何？

隰桑有阿，其叶有沃。既见君子，云何不乐？

隰桑有阿，其叶有幽。既见君子，德音孔胶。

心乎爱矣，遐不谓矣？中心藏之，何日忘之？

隰（xí）：低洼潮湿的地方。

阿（ē）：通“婀”，柔美。

难（nuó）：茂盛。

幽：青黑色。

德音：善言，美言。

孔胶：很牢固。一说很多。

中心：心中。

［明］文伯仁《横塘雨歇图》（局部）

洼地处的桑林里，一个身材苗条的女子脚步轻盈地走着，她的身影在翠绿的桑叶中忽隐忽现，像万绿丛中一朵靓丽的小花。

女子年轻娇艳，桑叶茂盛青葱，美人美景实在是再好不过的画面。女子在桑林的浓荫下停住了脚步，她站在那里，又一次想起了那个英俊的男子。

这样美的风景，她想和那男子一起看。如果此刻能见到他，该是多么开心的事情啊！浓荫之下，最适合恋人约会，如果他能来见他，她怎么会不快乐呢？

女子想念着那个男子，回忆着第一次看到他时，他那洒脱的样子，越想越出神。她想，如果此刻，他来见她，揽她入怀，在那桑树下许下诺言，留下情话，将是多么让人快乐啊！

她就这样，痴痴地停留在桑荫里，想象着她和他恋爱，想象着她和他幽会，想象着他说给她听的甜蜜情话，很久很久。

当她从幻想中清醒过来时，她不由得羞怯起来。她问自己：“你真的爱他吗？如果你真的很爱他，为什么不向他表白呢？”

不是她不想表白，而是她的羞涩让她开不了口。这个可爱的姑娘面对着茂密的桑树，终于说出了自己的心声：“我心里早就有了你，没有一天不想你啊！”

桑叶随风沙沙作响，似乎要把她的情话带给那迷人的男子。但愿那男子凑巧也来到桑林中，并无意间听到她的心声，从而成就一段浪漫的爱恋。

他在她心中种下了一颗爱的种子。如今，这爱的种子已迅速萌芽，生长为隰桑一样的爱情之树。这棵树枝繁叶茂，总会有开花的那一天。

不是所有的女子都勇于向所爱的男子表白，心有所爱，所爱却不知。说到底，这只是一个暗恋的故事，结局往往由不得自己。

或许哪天，这女子会被心中浓烈的爱逼迫着，向那男子表白，从而给自己的爱情一个明朗的结果，这倒也不失为一个好的结局。

也或许，这女子一直没有表白，而是把他藏在心中，一月，一年，甚至一辈子。无论怎样，有所爱也是一种幸福。

网上流传过一个动人的暗恋故事。故事里的女生爱上了一个男生，但她一直没有向男生表白。毕业多年后，女生收到了男生的结婚请柬。经过一番思想斗争，女生还是决定去参加婚礼。

婚礼上，男生风度翩翩，而且很是健谈，新娘也美如鲜花，郎才女貌，怎么看都是幸福的模板。女生心里一阵酸涩，暗自想道，如果当年她没有放弃，勇于表白，是否新娘就会是她。

按捺住内心的难过，她走上前去祝福他：“这么多年没见，你变了好多，记得那时你没这么健谈，跟人说话总是结结巴巴的，好腼腆。没想到现在跟新娘说话这么流利，爱情的力量真强大！”

听到她的话，他的脸一下子红到了脖子根，结结巴巴地说：“真……真……真的吗？”她一下子就明白了，原来，他只在喜欢的人面前说话结巴，只可惜，她明白得太晚。

如果当年他们中的一个人能够勇敢地表白，也许故事就会是另外一个结局。只可惜，他们的爱情只停留在暗恋阶段。

暗恋虽美，却难免会有错过真爱的可能。倒不如及时表白，哪怕被拒绝，爱或不爱，也落得个明明白白，再无遗憾。

《隰桑》里的女子沉浸于爱情的想象中，在想象里，她和心中的男子已经开始了甜蜜的恋爱。情窦初开的少女，就是这么可爱，一旦爱上一个人，就喜欢想象和对方在一起的场景。

暗恋之人，大都喜欢用想象慰藉相思。

在《射雕英雄传》中，穆念慈爱上了杨康。有一次，杨康被困，穆念慈冒险去营救，杨康知道以她的能力不可能带得走他，就让她拿着他的腰带做信物，去请他师父做救兵。

穆念慈拿着腰带，想象着有一天，自己要亲手将这腰带围在他身上。她一边想象，一边将腰带系在自己身上，又想到这腰带就是他的手臂，如今腰带在她的腰上，就如同他的手臂环绕在她的腰上。她的想象，慰藉了她那颗想与他相爱相守的心。

书中还有一个思春少女，就是那个古灵精怪的黄蓉。她爱上了憨憨的郭靖，也玩起了幼稚的游戏。那天，她一路奔往郊外的小溪旁，坐在垂柳之下，从怀里摸出一男一女两个泥娃娃，胖胖的泥娃娃憨态可掬。在泥娃娃面前，她又摆了些黏土捏的小碗小盏，盛着些花花草草。她对着这泥做的人与餐具说：

“这个是靖哥哥，这个是蓉儿。你们两个乖乖地坐着，这么面对面的，是了，就是这样。”

“这碗靖哥哥吃，这碗蓉儿吃。这是蓉儿煮的啊，好不好吃啊？”

因为爱，所以想象着为他做了可口的饭菜，然后和他一起相对而坐，吃饭聊天。幸运的是，她爱的人就悄悄地跟在她身后，听到了她说的这些话，甚至还回答了一句：“好吃，好吃极了！”

原来，爱一个人时，少女就会化身为编导，自编自导出美丽的爱情剧。不幸的，或许永远得不到回音；幸运的，或许很快就可以梦想成真，得到所思慕的爱情。

不管是哪种结局，有所想总比无所想要有趣些。遗憾也好，圆满也好，都是爱的经历。

席慕蓉写过一首深情的诗——《与你同行》：

我一直想要，和你一起，
走上那条美丽的山路。
有柔风，有白云，有你在我身旁，
倾听我快乐和感激的心。
我的要求其实很微小，
只要有过，那样的一个夏日，
只要走过，那样的一次。
而朝我迎来的，日复以夜，

却都是一些不被料到的安排，
还有那么多琐碎的错误，
将我们慢慢地、慢慢地隔开，
让今夜的我终于明白：
所有的悲欢都已成灰烬，
任世间哪一条路我都不能，
与你同行。

爱一个人时，要求并不高，只希望能够一路同行，美丽的山路、柔风、白云、心爱的人，就是幸福的全部。只是，现实总是难如人意，总有一些东西会将所爱的人隔开，再无同行的可能。

而那一路的柔风、白云、甜蜜的心意，也只能活在想象之中。少女的爱，那么美，又那么无奈。

如果不能在现实里飞扬，就只能在想象中美好。从古至今，从文学作品到现实生活，爱情的体验都是相通的。

无法亲近时，想象就是一剂良药，能缓解相思之苦。对桑树林中的女子来说是如此，对拿了所爱之人腰带的穆念慈是如此，对想象着与爱人相处的黄蓉是如此，对今天的你我，也未尝不是如此。

【佳句积累】

中心藏之，何日忘之？

今译：把他藏在心中，什么时候能忘记？

第二辑　系君一生心

如花美眷，似水流年。愿所有的爱情，都如童话一般。

[清]俞明《仕女图》

郑风·子衿　愿我如星君如月

青青子衿，悠悠我心。纵我不往，子宁不嗣音？

青青子佩，悠悠我思。纵我不往，子宁不来？

挑兮达兮，在城阙兮。一日不见，如三月兮。

衿：衣领。

悠悠：忧思不断的样子。

宁（nìng）：难道。

嗣（sì）音：传送音信。

佩：系佩玉的绶带。

挑兮达（tà）兮：独自走来走去的样子。

城阙：城门两边的望楼。

“青青子衿，悠悠我心……”歌声里，那个面容憔悴的清瘦女子再一次登上高楼，她伸出天鹅般美丽的脖颈，向着城外的官道上不停地张望，希望能看到那个熟悉的身影。然而，她等，她盼，他却还是没出现。

相思无药可医，她只能靠回忆缓解内心的苦楚。她想起初见时，只是一抬首间，他眉目含笑的样子就入了她的心。

她害羞地低下头，而他就是在她娇羞低首之际注意到她的。一个是腹藏诗书的谦谦公子，一个是目含秋波的美貌少女，电光石火之间，互生了爱慕之意。

他温和地跟她打招呼，她慌张地应和了一声，匆忙抬首间，看到了他青青的衣领。悄悄打量间，她看到了他的佩带，垂在腰间。

她爱上了他，当他向她表白时，她是那么欢喜，竟忘记了女孩子要矜持一下，立即就接受了他的情意。不要笑她太傻，她只是一直在等待那一刻，当所爱之人向她表白时，她不想试探，也不想迟疑，她怕她态度不明会让他犹疑，更怕自己会因此错过他的爱。

和他在一起，她的内心总是充满阳光。和他分别时，她的内心一片阴霾。他安慰她说，他们很快就会再见面的，让她耐心地等他回来。从那之后，每天登上高楼远望，就成了她生活的重心。

思君催人老，她一天比一天憔悴，他却音信全无。高楼之上，她徘徊不定，望眼欲穿，思念悠悠断人肠。他青青的衣领和佩带，在她的记忆中不停地闪现。她蛾眉紧蹙，心中思虑万千，不由得要将那心上人埋怨：纵然我不曾去看你，难道你就不能给我写封信吗？难道你就不能来看我吗？一天不见你的面，就好像隔了三个月，你这狠心的人啊，你可知晓相思之苦？

他知或不知，他依然未来。只有这痴情的女子，日日独上高楼，望穿秋水，难解相思。她盼他情寄彩笺，鱼传尺素，她盼他纵马赶路，踏月而归。可是，他没有。

望断天涯路，她都无法知晓他的归期。等不到，放不下，她只能日日登楼，嘴里轻轻地唱着这首深情的歌："青青子衿，悠悠我心……"或许，在某个风轻云淡的时刻，她会在歌声里看到情郎向她奔来。也或许，她的情郎再也不会出现。

一往情深太累人，爱情里的等待，实在是太被动。思念太久，等待太久，不如主动去找他吧，爱或不爱，终究会有个答案。

百里奚的妻子杜氏，在百里奚穷困潦倒的时候嫁给他。她爱他，为了他，她包揽了家中大小事务，细心照料婆婆，让爱人一心攻读圣贤书。

百里奚饱读诗书，才华横溢，但当时本国的宗法制度森严，平民很难入仕。杜氏看懂了百里奚那颗不甘平庸的心，她鼓励他周游列国，寻找入仕的机会。

他也是有所迟疑的，然而，杜氏的话给了他信心：“好男儿志在四方，夫君正值壮年，就应该去求取功名，家里有我在，你不用担心。”

当时，家徒四壁，几乎揭不开锅了。百里奚出门时，杜氏将家里唯一的下蛋鸡杀了，没有柴火，她拆下了门闩做柴。她要让他喝上一碗暖暖的鸡汤后上路，她要他带上她的一颗心上路，从此，他可以无后顾之忧地奔向更广阔的世界。

她凭借着一腔孤勇和一片深情，给了他一双翱翔的翅膀，他却让她痴痴地等待了四十多年。从青丝到白发，儿子成年，婆婆逝去，没有人知道，这么多年，她是如何艰难地靠纺织、浆洗养家糊口的。吃过的苦，流过的泪，只有她自己明了。

四十多年了，百里奚怎样了呢？他在异国经历了几次君王的更换，甚至面临过性命之忧。但他从来没有忘记自己的目标，更没有放弃过，直到他遇到了自己的伯乐秦穆公，才终于实现抱负，成为权倾朝野的一国之相。

彼时，杜氏所在地局势混乱，连年饥荒，民不聊生。听说百里奚在秦国做了高官，杜氏果断地决定去找他。

一介平民要见宰相大人，几乎是不可能的。为了见到百里奚，杜氏入府为仆，寻找和他见面的机会。

机会终于来了，相府设宴，乐师们在偏殿奏乐。杜氏找到管家，声称自己跟宰相是老乡，擅长弹奏家乡的曲子。管家同意让杜氏弹奏一曲，杜氏那双布满老茧的手拨弄着琴弦，乐声起，杜氏唱道：

“百里奚，五羊皮。忆别时，烹伏雌，炊扊扅，今日富贵忘我为？百里奚，初娶我时五羊皮。临当别时烹乳鸡，今适富贵忘我为？百里奚，百里奚，母已死，葬南溪。坟以瓦，覆以柴、舂黄藜，搤伏鸡。西入秦，五羖皮，今日富贵捐我为？”

琴声呜咽，幽怨的歌声里，包含着他和她的过往。百里奚闻之，立即召弹唱者出来相见。他惊讶地发现，她正是几十年未见面的发妻杜氏。他赶忙上前相认，夫妻俩抱头痛哭。从此，一家人得以团聚，过上了幸福的日子。

相堂认妻的故事被司马迁赞为“德行传于后世”，认为百里奚做了高官也没有辜负糟糠之妻，是个有情有义之人。他们的爱情故事也一直广为流传。

这似乎是一个温暖的故事，她辛辛苦苦为男人插上翅膀，放他高飞，贤良、务实，有识人的慧眼，有论事的眼界。他记得她的付出，当她寻来时，他没有推脱避让，而是抱之痛哭，从此共度余年。

可是仔细地想一想，这其中似乎还隐藏着点什么。

四十多年，他居然音信全无。做了官后，也没有及时去寻她。如果她没有主动找到相府，年逾七十的他们，还会相聚吗？

她等了他四十多年，葬了婆母，白了青丝，却并未等到他主动回乡寻她。她那样聪慧的女子，又怎能看不透这其中的缘由。忙于事业只是借口，爱得不够才是实情。她内心也是有怨的吧，“今日富贵忘我为”就是她的质问。

爱情里的等待太过折磨人，真心爱你的人不会舍得让你等太久，哪怕是经历千苦万难，哪怕是正逢乱世，哪怕你已经不在原地，他也会想尽一切办法，辗转找来，给你一个踏实的怀抱。

《桃花扇》中，清兵攻下金陵城时，李香君趁乱逃出城，而此时，一心挂念李香君的侯方域却趁混乱逃回府，明明是双向奔赴，却还是错过了。

李香君逃往苏州后，躲进了尼姑庵，几年后，侯方域找来，接她回府做了妾室。虽不是正妻，但也是他所能给她的最好归宿了。

他们一起度过了几年幸福的时光。然而，温暖安定的日子总是短暂的，侯方域外出替李香君寻亲时，李香君因名妓的身份暴露被赶出侯府。他归来时，她已经时日不多。她去后，他思念成疾，也于几年后随她而去。

他爱她，所以跨山越海，也要奔赴她。没有了她，他的时光也成了煎熬。她去了，他也不想长留。思君，念君，寻君，君在爱在，君不在，爱便无所托。

爱从来都不是单方的等待，而是双向的奔赴。如果很久都等不到音信，不如主动去寻找答案，或者就在等待中忘记。

【佳句积累】

一日不见，如三月兮。

今译：一天不见，就像隔了三个月。

[明]陆治《丹林翠嶂图》

郑风·溱洧　何需回首嗅青梅

溱与洧，方涣涣兮。

士与女，方秉蕑兮。

女曰：“观乎？”士曰：“既且。”

“且往观乎！洧之外，洵訏且乐。”

维士与女，伊其相谑，赠之以勺药。

溱与洧，浏其清矣。

士与女，殷其盈矣。

女曰：“观乎？”士曰：“既且。”

“且往观乎？洧之外，洵訏且乐。”

维士与女，伊其将谑，赠之以勺药。

溱（zhēn）、洧（wěi）：郑国两条河名。

涣涣：水流奔腾貌。

士与女：此处泛指男男女女。后文的“士”“女”则特指其中某个青年男女。

秉：执，拿。

蕑（jiān）：一种兰草。

既且：已经去了。且（cú），同“徂”，去，往。

洵：诚然，实在。

訏（xū）：宽大。

维：发语词。

相谑：互相调笑。

勺药：即“芍药”，一种香草。《郑笺》：“其别则送女以勺药，结恩情也。”马瑞辰《毛诗传笺通释》云：“又云‘结恩情’者，以勺与约同声，故假借为结约也。”

[明]仇英《人物故事图册·南华秋水图》

又是一年上巳节，郑国的溱水和洧水岸边，人潮汹涌。

清澈的河水向着远方奔腾而去，处处生机。游春的人们尽情地欣赏着春日的风光，憧憬着在这个节日里，洗去过往的尘埃，迎来崭新的未来。

掬一捧碧水，采 ·把兰草，认真地参加祭礼，祈求这滚滚而去的东流水祓除不祥，送来幸福和安宁。这一刻，每个人都是虔诚的。

人来人往，众人手上的兰草散发着春天的气息。洧水的岸边是个好地方，又热闹又宽敞。人群中，一个眉清目秀的少女四处张望。当她看到前方正徐徐走来的英俊少年时，她的眼神瞬间被点亮。她毫不迟疑地走到少年的身边，大大方方地邀请道："咱们一起去逛逛吧？"

少年顺口回答道："我已经去过了。"少女脸上的遗憾一闪而过，随之她又鼓起勇气说道："那边那么热闹，你就陪我再去一趟又何妨？”少年会意地笑了，说道：“没问题，虽然我已经去过了，但是我很乐意再陪你去一次。”

少年和少女并肩走着，春风习习，兰草芳香，少男少女走在大自然的春天里，也走在他们生命的春天里。

他们边走边聊，聊到兴起时，相视而笑。少女很健谈，少年也很开朗。在互相调笑中，少年和少女的心越来越近，爱情在他们心中迅速地发芽生长。

回来时，裙摆飞扬的少女手中捧着一束鲜艳的芍药，步履坚定的少年脸上挂满了宠溺的笑意。空气中，除了芍药的芬芳，还有爱情的甜蜜气息。

茫茫人海，相遇不易。他们从人山人海中走来，于万千人中，点亮了彼此的眼睛，从此结下了一生缘，实在是幸运而幸福。

芍药，是我国的爱情花。古代，少女接受了少年的芍药，就是接受了少年的爱情。

为什么把芍药当作爱情花呢？《本草纲目》中说：“芍药，犹婥约也。婥约，美好貌。此草花容婥约，故以为名。”在日常生活中，人们则将“婥约”读成了“着约”的谐音，也就是守约、赴约的意思。芍药，符合人们的爱情理想。

美国诗人庞德痴迷于研究汉语诗歌，他对《溱洧》这首诗的翻译是这样的：

溱与洧

从此流过

互相抚触

男男女女

采摘兰草

女女男男

采服这种彼此的药剂

“药剂”这个词用得极妙。生活中总会有各种各样的不如意，苦涩的滋味是人们难免要品尝到的，而爱情就是让生活变得美好的那服良药。

爱情这服药，不仅能让人心情愉快，还会创造奇迹。

英国诗人伊丽莎白·巴莱特十五岁那年，在骑马时不幸摔伤了脊椎，之后她无法站立，只能困守在沙发上，寂寞地度过一个个灰色的日子。

三十八岁那年，伊丽莎白·巴莱特出版了一部诗集，小她六岁的诗人罗伯特·勃朗宁阅读了这部诗集后，爱上了那些诗篇，并爱屋及乌，爱上了诗的创作者伊丽莎白·巴莱特。他在给伊丽莎白·巴莱特的信中写道：“亲爱的巴莱特小姐，你那些诗篇真叫我喜爱极了，我爱极了你的诗篇——而我也同时爱着你……”

在此后将近两年里，两个人来往了将近六百封信。起初，她不愿见他，可能，她的内心是自卑的吧，害怕和笔友“奔现”后会“见光死”。但是，他铁了心要接近她，在他的坚持下，他终于见到了她。

看到只能蜷伏在沙发上的她，他的内心涌起无尽的怜悯与爱。爱，真的是一服妙药，在相爱的第二年春天，她居然能够步履轻盈地走出房门，呼吸新鲜的空气。

爱情让她重获健康，也让她的才华达到了顶点。遇到爱情之后，她的余生一直都沉浸在幸福之中。

因为爱情，她从深渊攀上了顶峰。把爱情看作治疗生活的良药，一点都不为过。

周代时，每逢上巳节，人们都会去水边祭祀、沐浴。他们认为此时正处于季节交替之际，阴气还没有完全退去，人容易生病，去水边沐浴可以祛除病痛和灾祸，祈求福祉降临。

但人们去水边并非只为了消灾祈福，三月的春天草长莺飞，最适合外出踏青游玩，如果能谈一场恋爱，那就更完美了。于是，已婚的专心赏春祈福，单身的大胆求爱，兰草与芍药各有各的故事。

那时候的女子，可以自由地和陌生男子说话，可以大方地参与各类聚会，可以主动地向心仪的男子表达心意。

宋代之后，女子被理学束缚，对待爱情就再也不能像周代时那般直率了。

宋代词人李清照在《点绛唇·蹴罢秋千》一词中写道："见客入来，袜刬金钗溜。和羞走，倚门回首，却把青梅嗅。"

娇憨美丽的少女荡完秋千，累得不想动。此时，花园里走入一个翩翩美少年，少女来不及整理衣装，慌忙回避。她头上的金钗滑落了，鞋子也没顾上穿，只穿着袜子就往屋里跑。

她内心羞怯，却又忍不住想看那人一眼。于是，她倚门回首，装作嗅门前的青梅，悄悄地看一眼那个人。

不难看出，少女对进入花园的客人是很有兴趣的，不然也不至于假借嗅青梅来偷窥了。她的娇羞，掩盖了内心本能的渴望。

换作溱洧岸边的那个少女，才不会那般羞答答地回首嗅青梅，她会大大方方地直接邀请道："你来了，那就一起来荡秋千吧！"彼时，一架秋千，可能就是一场爱情的出发点。

或许，男子会拒绝："抱歉，我不喜欢秋千。"少女再度邀请："试试呗，秋千很有趣的。"若男子接受，可能还会有一个美丽的爱情故事发生；若男子再度拒绝，可能就没有以后了。

有没有以后又如何？尝试过，得到了答案，爱或不爱都没有了遗憾。可以自由地表达内心的情感，本就是件幸福的事情啊。

千年前，诗人白居易牵着马儿漫步在溱洧岸边，想起了发生在河边的故事，驻足而立，吟道："落日驻行骑，沉吟怀古情。郑风变已尽，溱洧至今清。不见士与女，亦无芍药名。"

那娇美率真的少女，那白衣飘飘的少年，那甜蜜清香的春天，那简单纯粹的爱情，那充满了兰草与芍药气息的盛大场面，着实令人向往，却再也不见。

【佳句积累】

维士与女，伊其将谑，赠之以勺药。

今译：男女结伴游玩，相互嬉戏，赠朵芍药表情意。

[明] 仇英《人物故事图册 · 浔阳琵琶图》

郑风·褰裳　　不负春风不负卿

子惠思我，褰裳涉溱。子不我思，岂无他人？

狂童之狂也且！

子惠思我，褰裳涉洧。子不我思，岂无他士？

狂童之狂也且！

褰（qiān）：提起。

裳（cháng）：古代指遮蔽下身的衣裙。

惠：爱。

不我思：即“不思我”的倒装，不思念我。

狂童：谑称，犹言“傻小子”。

也且（jū）：语气助词。

这是一首火辣辣的情歌。

溱水岸边，一个活泼可爱的姑娘，正冲着河对岸的恋人喊："你如果真的想我，就快点提起衣摆蹚过溱水河，过来见我呀！"

河对岸是一位玄衣黄裳的俊美男子，他看看奔流的河水，又看看对岸呼唤他的姑娘，一时不知该如何是好。那时候没有泳衣，也没有裤子，男子的下衣和女子一样，也是裙装，实在是太不方便过河了呀。

姑娘可不管这些，她看那男子迟迟没有行动，急得直跳脚，她再次向男子喊话："你是不是不爱我了？你要是不爱我，爱我的人多的是！"

对岸的男子急于表白，又说不出口。姑娘此时看着抓耳挠腮的男子，扑哧一声笑了，爽朗的话儿脱口而出："你这个傻小子呀！"

洧水岸边，上演的依然是同样的故事。

故事的结局并不难猜，姑娘的情郎最终会来到她身旁，急切地向她解释，他并没有不爱她。姑娘则会强忍住想笑的冲动，故意噘着嘴，一副生气的样子。等她安心享受完情郎的低声下气、温言软语后，才会得意地一笑："傻小子，逗你玩哪！你还当真啦？我怎么可能给别人爱我的机会呢？我心里只有你啊！真傻！"

她的情郎，在松了一口气的同时，宠溺地叹息："真是个野丫头！"对，她就是个野蛮的小丫头，面对她的情郎，她的野蛮就是爱的表达。

在电影《我的野蛮女友》中，女主把牵牛推到河里，直到他再也挣扎不动，眼看就要沉下去时，才把他救上来。在咖啡店，牵牛说要喝可乐，她却叫来两杯咖啡。她是那么的野蛮任性，可是，面对她的笑容时，他又会忍不住立即心软。因为爱，他心甘情愿地被野蛮的她折磨。

影片中，女子野蛮，不过是仗着男子爱她。溱、洧岸边，女子野蛮，是因为她爱着对岸的男子。她的野蛮，是撒娇，是戏谑，也是试探。如果男子的爱足够深、足够真，又岂是一条河能阻隔得了的？

爱情里，泼辣的女子总是更容易掌握主动权。

"爱我就赶快蹚河过来，来晚了，我可就跟别人走了！"姑娘多情的眼眸望向对岸，心中充满了企盼。待那情郎涉水而来，忐忑不安地对她说千万不要接受他人的爱时，姑娘脸上露出狡黠一笑，嗔怪道："你这个傻小子啊！"

她爱的是他，又怎会再接受别人？但倘若是他不再爱她了，她大概也会在伤心之后，狠狠地擦掉眼泪，啐一口道："你不爱我，爱我的人有的是！"

泼辣的女子，爱与不爱都够爽利。汉乐府《有所思》里，也有一个泼辣女子。

她准备了一支漂亮的玳瑁簪，准备送给她日思夜想的情郎。簪子还未送出，就听说他已经变了心。内心充满悲伤的女子，愤怒地扯下簪子上的珍珠，把簪子摔碎，心里还是气，便干脆烧了它！烧完簪子后，把灰随风扬起。灰尽义绝，从此，不再思念他，和那负心汉各自天涯，再无关联。

可是，爱情深植于心中，又怎是一句话能割舍干净的？她回想起当初与他约会，引起鸡鸣狗叫，兄嫂应该都知道了他们的事……她的心越来越乱，干脆不再想，告诉自己，等到天亮时，就知道该怎么做了。

天亮时，她会怎样呢？想来，还是要更坚决地告诉自己，忘记他，一定要忘记他。哪怕这需要时间，她的态度也不会变。

泼辣的女子面对情郎的负心，不是不伤心，而是不委屈自己。她会让自己明白，往日之情不可追，负心的人配不上她的爱，与负心人恩断义绝才是最好的止损方式。

泼辣的女子不会为爱抛弃尊严，若爱就火辣辣爱一场，若不爱就干脆利落斩断情丝，绝不拖泥带水。疼痛哀伤自是难免，但那又何尝不是一种历练。

关于这首诗，封建大儒们往往赞同朱熹《诗集传》里的说法："淫女语其所私者曰：'子惠然而思我，则将褰裳而涉溱……'亦谑之之辞。"为这首诗贴上了淫诗的标签。显然，这是对这首诗的误判。

现代人不被封建思想束缚，倒能更清楚地看透诗的主旨。陈子展在《诗经直解》中说，《褰裳》疑是采自民间打情骂俏一类的歌谣。中国古典文学家余冠英也在《诗经选》里解析说，《褰裳》是女子戏谑情人的诗。大意是说："你要是爱我、想我，你就涉过溱水、洧水，到我这里来。你要是不把我放在心上，我还有别人呢。你这个糊涂虫里的糊涂虫啊。”

活泼可爱的姑娘站在水边，向情郎发号施令，是深爱，是嗔怪。她深深地爱着那个傻小子，所以，她喜欢看他在自己的戏谑中手足无措的样子。

这热烈奔放的姑娘，怀揣着对情郎的爱与念，大胆直白地向他表露心迹。姑娘家的矜持和羞怯早被她抛到脑后，她痛痛快快地说自己想说的话，爱自己想爱的人，爽快、利落，别有一番风情。

这样的姑娘，若被男子爱上，便是一辈子。

【佳句积累】

子不我思，岂无他人？

今译：你若不再想念我，难道我没别人爱？

[明]佚名《仕女图册》

郑风·野有蔓草　　邂逅相遇适我愿

野有蔓草，零露漙兮。有美一人，清扬婉兮。邂逅相遇，适我愿兮。

野有蔓草，零露瀼瀼。有美一人，婉如清扬。邂逅相遇，与子偕臧。

蔓（màn）草：蔓延生长的草。一说茂盛的草。

零：降落。

漙（tuán）：形容露水多。

清扬：形容眉目清亮传神。

婉：柔美。

邂（xiè）逅（hòu）：不期而遇。

适：适合。

瀼（ráng）：形容露水多。

偕臧（cáng）：臧，同“藏”，一同藏匿。一说为相爱，臧为善、美之意。

郊野，因其空旷而令人倍感寂寞。但如果，能在这孤寂的地方偶遇一个美丽的姑娘，寂寞便会瞬间转化为欣喜。

无边的青草昭显着无限的生机，又大又圆的露珠湿了裙边，一个年轻的男子独自走在旷野之中，想要在清晨呼吸最新鲜的空气，偶遇最美丽的姑娘。

迎面走来一个眉清目秀的年轻女子，艳丽的姿色令男子眼前一亮，心中暗道："上苍有眼，让我得遇此等佳人。"相遇是缘，缘分到了，就会心想事成。如今，这男子就幸运地实现了心中的愿望。

遇到的正是自己喜欢的类型，这怎不让人心生欢喜？更让人开心的是，姑娘对这男子似乎也挺满意，四目相对之时，心中情愫悸动。互有眼缘的两个人，相谈甚欢，聊到情浓时，干脆携手进入密林深处。

草儿青葱，露珠圆润，那相互喜爱的两个人隐在密林中，看不到他们的身影，更听不到他们的爱语。

所遇即所爱，所爱即所得，实在是浪漫而幸运。与子偕臧，又充分显示出恋爱与幽会的自由。爱了就及时牵手，根本不会有谁说他们伤风败俗。如此自由地恋爱并牵手，是因为这种做法在当时是受掌权者鼓励的。

《毛诗序》说："《野有蔓草》，思遇时也。君之泽不下流，民穷于兵革，男女失时，思不期而会焉。"先秦时期，战争频繁，百姓人口骤减，为了发展人口，壮大国力，统治者们都鼓励成年男女及时婚配，为发展人口出份力。

在当时的统治者看来，男女如何结合并不重要，重要的是多生孩子。《郑笺》中记载："蔓草而有露，谓仲春之时，草始生，霜为露也。"看来，诗中这对甜蜜的恋人，相遇的时间正是仲春时节。

《周礼》中有相关规定："仲春之月，令会男女。"提倡大龄未婚男女在仲春相会，目的就是早谈恋爱早生娃。关于这条政策，欧阳修在《诗本义》中也提到过："男女昏聚失时，邂逅相遇于野草之间。"野草之间，爱与性都是不被束缚的，一个又一个浪漫的故事就这样发生在旷野之中。

邂逅，是一场华丽的不期而遇，是三生石上早已刻下的缘分，是爱情，也是命运。

"于千万人之中，遇见你所要遇见的人。于千万年之中，时间无涯的荒野里，没有早一步，也没有晚一步，刚巧赶上了。"张爱玲的这句话，正是《野有蔓草》这个故事的真实写照。这样的浪漫邂逅是男子的心愿，也是女子的梦想。

然而，不是所有的邂逅都能有一个圆满的结局，有些邂逅，只能遗憾收场。比如，《汉乐府·古相思曲》中的那个女子。

君似明月我似雾，雾随月隐空留露。
君善抚琴我善舞，曲终人离心若堵。
只缘感君一回顾，使我思君朝与暮。
魂随君去终不悔，绵绵相思为君苦。
相思苦，凭谁诉？遥遥不知君何处。
扶门切思君之嘱，登高望断天涯路。
十三与君初相识，王侯宅里弄丝竹。
只缘感君一回顾，使我思君朝与暮。
再见君时妾十五，且为君作霓裳舞。
可叹年华如朝露，何时衔泥巢君屋？

她十三岁时，在王侯宅里邂逅了他。她擅长跳舞，他擅长弹琴，两个人配合默契，曲终人散之际，他的一回首令她瞬间沦陷，自此，一颗名叫相思的种子落入她心田，相思如蔓草，日夜疯长，茂盛无比。

相思之苦，无处可诉。她不知道他姓甚名谁，更不知道他住在哪里，只能一天天地回忆他看着她的样子，站在门口思念着他，希望他能够路过这里，或是登上高处，期盼着能与他再度邂逅。可是，她总是遇不到他。

就这样，在日日相思的折磨中，她等到了两年后的重逢。她跳了一曲霓裳舞，他奏乐，舞姿翩翩，乐声悠扬，一切美得宛若仙境。可是，待到曲终时，她没有等到他热切的眼神，只等到了他离去的背影。

她情深，他意薄，从十三岁等到十五岁，却只等得一场空。她知道青春经不起等待，也不知道哪天才能等到他的爱，只能轻叹：“年华像早晨的露水，飞快地消逝，心上人啊，我什么时候才能与你永结同心？”

男子听不到她的叹息，或者听到也不会在意。妾有情，郎无意，这样的爱情注定结不出甜美的果子。她和他的邂逅，注定是有缘无分。

邂逅所爱，不管最终能否在一起，终归可以获得一段美好的回忆，哪怕是带有遗憾或痛楚的。最悲哀的是，穷其一生都得不到一场美丽的邂逅。

现代诗人戴望舒在《雨巷》中表明了内心的渴望：

撑着油纸伞，独自
彷徨在悠长、悠长
又寂寥的雨巷，
我希望逢着
一个丁香一样的
结着愁怨的姑娘。

他的油纸伞，挡的是多情的雨。他的多情心，期待的是一场雨中的邂逅：在雨天，在悠长而寂寥的小巷，迎面走来一个丁香般多愁善感的姑娘。他在伞下，她亦在伞下；他孤独，她忧郁。在相望的瞬间，他们读懂了彼此的心。

这样的邂逅，这样的爱情，戴望舒用了一生的时间去寻找。他经历了苦涩的初恋、失败的婚姻，却始终未遇到那个美丽的丁香姑娘。

那样的邂逅，只是他的一场梦。

也有一些人的邂逅，虽衍生了一段恋情，却并未收获美好的结局，比如金庸武侠小说《神雕侠侣》中的李莫愁。

李莫愁还是一个美貌温柔的少女时，在终南山下邂逅了英俊少年陆展元。

一直幽居在山谷的李莫愁，肤色莹白，眼神清亮，神态娇媚，声若黄鹂，柔软的细腰随步伐轻轻摆动时，仿佛是风中飘摇的水仙。这样的绝色少女，毫无悬念地入了少年陆展元的心。

长年生活在不见天日的活死人墓里，忽然邂逅一位少年英雄，李莫愁的少女心瞬间就被俘获。

自古佳人配英雄，他们都懂武功，都通音律，她温柔，他深情，这场邂逅似乎应该有一个花好月圆的完美结局。只可惜，陆展元只是爱过山里的李莫愁，当他回到山外时，就牵了另一个佳人何沅君的手，还冷漠地跟李莫愁划清界限："李姑娘，我和你是江湖上的道义之交，下个月我在大理与何姑娘成亲，那时你若有空，请大驾光临来吃喜酒。"

一个想的是儿女情长，一个却只言江湖道义。当初的邂逅有多美好，如今的结局就有多残酷。从此，李莫愁的柔情万千化为满腔放不下的仇恨。那个温柔似水的女子为爱而死，江湖上只留下了"赤练仙子"李魔头的传说。

如果可以选择，或许李莫愁只愿生活在邂逅陆展元的那天。人生只如初见，爱的人似那梦中的风景，在眼前、在心中，都是一幅绝美的画。没有抛弃，没有新欢，只有他和她。

可惜，生活不是童话，每个人都不得不生活在现实中。李莫愁为爱走出了古墓，又为爱误入了歧途，最终舍弃这烟火人生，葬身火海。

问世间，情为何物，直教生死相许？这个问题，李莫愁用尽一生也未找到答案。

邂逅，带来的可能是欢乐趣，也可能是离别苦。结局如何，无非是痴情儿女的痴情故事。

徐志摩曾经豁达地说过：“我将于茫茫人海中访我唯一灵魂之伴侣，得之，我幸；不得，我命。如此而已。”

面对邂逅，最好采取这种态度，努力了就好，结果不必勉强。爱你的人，自会爱你；不爱你的人，邂逅了也无用。

《野有蔓草》中的邂逅是幸运的，在最美好的年华，遇见最美好的人，成就一段良缘。

生活中的邂逅，有幸运的，也有不幸的。如果恰巧成为那个不够幸运的，与其恨怨恼怒，不如豁达地放手。人生漫长，继续走下去，总有一场邂逅是幸运的。

【佳句积累】

有美一人，清扬婉兮。

今译：有个女子在路上走，眉清目秀美又艳。

[明]戴进《风雨归舟图》

郑风·风雨　既见君子倍欢欣

风雨凄凄，鸡鸣喈喈。既见君子，云胡不夷？

风雨潇潇，鸡鸣胶胶。既见君子，云胡不瘳？

风雨如晦，鸡鸣不已。既见君子，云胡不喜？

喈（jiē）喈：鸡鸣声。

云：语助词。

胡：怎么，为什么。

夷：平，指心情平静。

胶胶：鸡鸣声。

瘳（chōu）：病愈，这里指愁思萦怀的心病消除。

晦（huì）：昏暗。

他们，是一对深情的恋人，约好了今晚相会。本以为，又是一个月光融融、情意绵绵的晚上。没想到，居然是一个风雨之夜。

那时候，没有手机、电脑这些现代产物，自然也无法通过电话或短信临时改约。天空原本还是一片平静，她欣喜地等待着他的到来，谁知临近约定时间时，却突然下起了暴雨。

风雨凄凄，风雨潇潇，风雨如晦，寒凉的风雨越来越大，天昏地暗，窗外的鸡鸣声急急响起，环绕不息。风雨交加的夜晚，她还能等到他吗？

雨借风势，风催雨势，风急雨亦急。她期待的心渐渐地融入了越来越多的焦虑，风雨中杂乱的鸡鸣声更是加重了她内心的烦躁。这样的天气，他还会来吗？她不知。她希望他来，又但愿他不要来。正矛盾担忧间，他却裹挟着满身风雨推门而入。

他像驱散了疾风骤雨的一轮暖阳，带着温暖，带着情意，让她的内心陡然升腾起了无尽的喜悦，嘴里却言不由衷地嗔道：“你这傻子，这样的天气就不要来了嘛！”他深情地凝视着她，认真地说：“约好了的，岂能失约？”

答应你的事，我不会忘记。约好的见面，我不会临时改变心意。风雨再急，脚步不停。风里雨里，你在，我必来。互相信任，一诺千金，这原本就是爱情应有的样子。

见到了你，顿时心生欢喜。爱情的味道，真是香醇。这是一个幸运的女子，她遇到了一个守时践约的男子，这样的男子担得起她的信任，也给得起岁月静好的日子。

《毛诗序》曰：“《风雨》，思君子也。乱世则思君子不改其度焉。”在这种说法里，“风雨”象征乱世，“鸡鸣”象征君子不改变自己的节操气度，“君子”则指品德高洁的有气节之人。君子哪怕是生活在乱世之中，生存环境恶劣无比，也不会改变自己的节操。

这种“乱世思君”说，虽然有点牵强附会，但也自有其道理，毕竟诗有百解，看诗的角度不同，联想到的内容自然也不同。

现代学者大多认同“夫妻重逢”说或“喜见情人”说，认为此诗是一位女子等待丈夫或情人而作的。这样的说法与诗意更贴合些。

风雨之夜，她在等他赴约；风雨之夜，他信守诺言来见她。真正的爱从来都不是甜蜜的情话，而是风雨无阻的奔赴。

女子总是愿意相信爱情。如果她遇到的是一个守信的男子，自是不辜负她一片深情；如果她遇到的是一个负约的男子，再怎么念念不忘，也不会有回响。

《胭脂扣》中，那个叫如花的痴情女子，为了一个约定等待了五十年。

一个是南北行公子哥陈十二少，出自名门，家财万贯。一个是倚红楼头牌姑娘，人在青楼，身不由己。身份迥异，地位悬殊，似乎从一开始就埋下了悲剧的源头。

情不知所起，一往而深。初见，他们的内心就掀起了爱的巨浪。他对她一掷千金，绣花鞋、襟头香珠、胭脂匣子、珠宝玉石、名贵铜床……

为了她，他违逆父母，冷落指腹为婚的表妹，日夜流连于倚红楼。他的狂热打动了她，她谢绝了其他恩客，做着嫁给他的美梦。可是，他的家人坚决反对，她甚至被扫把打出门去。

她入不了陈家门，他就离家出走，寄居在倚红楼。离开家，他就是一个无钱无势的懦弱公子，给不了她庇护，还要靠她重操旧业赚来的钱做花销。

他也想过要自立，要养她。为此，他去戏园学戏，只可惜，身为资深的纨绔子弟，他实在是吃不了戏园的苦。劳累和屈辱让他性情大变，他开始权衡：为了她落到如此境地，是否值得？

他已动摇，她还在坚持。他向她提出分手，她悲痛欲绝，向他诉说前尘往事，最终二人相约一起吞食鸦片赴死，做一对地下鸳鸯。

她带着对他的爱自杀了，他却活了下来，继续做回十二少。他负约，她不知，为了等他，她在黄泉路上停留了五十年。五十年后，她决定不再等待，她要去人间寻找答案。

很快，她找到了年迈的十二少，数十年的痴情只换得他一句轻飘飘的“请原谅”。失望至极的她把定情信物还给他，转身而去。一场梁祝化蝶的戏，终究是没有了结局。

许约容易，守约却不易。曾经，十二少也向如花许诺过生生世世，然而，生不能娶她，死不能陪她，他终究是做了一个负约人。

爱情里，负约的人不少，守约的人也很多。《庄子·盗跖》中，讲述了一个誓死守约的故事："尾生与女子期于梁下，女子不来，水至不去，抱梁柱而死。"

少年尾生是孔子的同乡，他为人正直，乐于助人，在家乡的人缘特别好。后来，尾生到梁地定居，在那里，他和一位漂亮的姑娘一见钟情。

姑娘家里是当地有名的富户，门不当户不对，穷小子尾生自然是入不了姑娘父母的眼。姑娘使出一哭二闹三上吊的招数，向父母表明非尾生不嫁的心思，父母依然不为所动，坚持认定尾生不配娶他家的姑娘。

姑娘用尽办法也求不到父母的首肯，她勇敢地决定和尾生私奔，随他回老家曲阜共度一生。尾生非常感动，他对姑娘说，此生必不负她。

他们约好晚上在城外桥边会合。黄昏时分，尾生就怀揣着一颗激动的心出了门。他欣喜地在桥上等待着他爱的姑娘，憧憬着他们美好的婚姻生活。不料，苍天不懂人间情意，突然间乌云密布，电闪雷鸣，下起了暴雨。

尾生继续等，他怕他离开会错过与姑娘的相约，他怕这一错过就是一生。他要等，等待他心爱的姑娘在雨中奔向他的怀抱。

他等啊等，等到山洪暴发，等到滚滚江水挟沙裹泥而来，等到大水漫过了桥面，漫过了他的膝盖。他的周围，早已成了水的世界。茫茫无边，除了水，还是水，他爱的姑娘依然不见踪影。

他想起她甜蜜的笑容，想起她羞涩而坚定地对他说：“与君相约，共奔前程。城外桥边，不见不散。”他坚信，她会来。就这样，尾生死死地抱着桥柱，坚守在桥上，直到被活活淹死，他也没有离开过一步。

深夜，被父母察觉有私奔念头并禁锢家中的姑娘，寻机逃出了家门。大雨还在下，姑娘浑身湿漉漉的，摔倒了就爬起来，一路艰难，终于来到城外桥边。此时，洪水已经退去，尾生还在桥上，保持着抱住桥柱的姿势。他在等她，至死不休。

雨水混着泪水，在姑娘的脸上纵横，她奔过去，抱住尾生的尸体号啕大哭。生不能同室，那就死同穴。姑娘大哭一场后，擦干眼泪，为尾生整理好衣冠，温柔地说：“我来了，我们一起走吧。”说完，姑娘紧紧地抱着尾生的尸体，纵身投入洪水之中。

你来，或者不来，我等你。水来，我就在水中等你。生生死死，我都要信守与你的约定，这是我对你最诚挚的爱情表白。尾生做到了，他信守约定，哪怕是付出生命也不失约。他爱的姑娘，也没有辜负他的情意，虽然晚了一步，她还是来了，以她所能用得最快的速度来了！

这样的爱情真好，无论外界阻力有多大，都保持着彼此之间的信任，保持着对爱情的信心，不辜负，不放弃，情真意浓，生死无悔。

【佳句积累】

既见君子，云胡不喜？

今译：见到你，怎能不心生欢喜？

［南宋］夏圭《雨余烟树图》

[明] 项圣谟《蟠桃图》

卫风·木瓜　世间所爱皆值得

投我以木瓜，报之以琼琚。匪报也，永以为好也！

投我以木桃，报之以琼瑶。匪报也，永以为好也！

投我以木李，报之以琼玖。匪报也，永以为好也！

木瓜：蔷薇科，果实长椭圆形，色黄而香。今粤桂闽台等地出产的木瓜，全称为“番木瓜”，供生食，与此处的木瓜非一物。

琼琚（jū）：美玉，下文“琼瑶”“琼玖”意同。

匪：非。

木桃：果名，指樝子，樝子似梨而酸涩。因此一说为桃子，因生于桃树，故称木。

木李：果名，即榠樝，与木瓜相似，比木瓜大而色黄。因此有人即以木李为李子，因生在李树上，故加木。

木瓜林中，勤劳的姑娘正在采摘木瓜。

丰神俊朗的少年从此路过，不经意的一回首间，看到了忙碌着的姑娘。秀发如云，杏眼桃腮，挽起的袖口露出莹白的手腕，看在少年眼里，恍如仙人。

少年看得呆了，忙碌的姑娘感受到了热切的目光，扭头看去，原来是一个风流倜傥的少年郎，姑娘不禁红了脸，内心情愫暗生。

姑娘脸上的娇羞，令少年迷恋，他的脚步不受控制地挪向姑娘。看到少年走来，姑娘抿嘴一笑，拿起手中的木瓜掷向少年郎。

金黄的木瓜透着清香，醉了树下的少年郎。他满心欢喜地收下木瓜，并解下腰上的玉佩回赠姑娘。

多么甜蜜的一见钟情！

先秦时期，女子的主要任务是采花摘果，单身的女子遇到心仪的男子时，会将手中的花或果投赠过去，以表爱慕之心。

这种场景在古代很常见，最有名的当数魏晋时期的掷果盈车了。史上著名的美男子潘安，学富五车，颜值高，每次外出都会引起轰动。只要是女子，看到潘安时，都抗拒不了他的魅力。

真是太喜欢他了，怎么表达？当然是扔瓜果，投鲜花。潘安乘车出行时，车子上总是会被爱慕他的女子扔满瓜果与鲜花。他不会回赠这些女子任何东西，因为他已心有所属。但他也无法阻止这些女子的示爱，只能听任花与果载爱而来。

寻常男子，遇到示爱的女子，如果自己也有意，就会回赠物件表明态度。

玉佩在古代是男子最心爱宝贵之物，古人有言“君子无故玉不去身”，可见玉对于男子的重要性。

木瓜、木桃、木李都是常见的瓜果，只是女子表明心意的寻常道具而已。琼琚、琼瑶、琼玖都指美玉，是男子的宝贵之物。

单从物品的价值上来论，瓜果与美玉自然是不对等的，那么，男子为什么不一笑了之，而是回赠以美玉呢？

匪报也，永以为好也！只因为，男子不单单是对女子回赠，更重要的是对女子表明自己的一颗真心：不是为了答谢你的投赠，而是想要和你永结同心，一生一世一双人。

为表明我是诚心诚意想和你在一起的，才会把我最宝贵的物品送给你。

爱若只在口不在心，那是可耻的欺骗；爱若只在心却从不说出来，那是可悲的隐瞒。诗中的男子，爱了就说出来，爱了就拿美玉表明情意，坦坦荡荡，势必能换得和所爱女子的朝朝暮暮。

木瓜与美玉的交换，也是男女定情信物的互赠。至于赠品的价值高低，他与她并未多想。

她送他的是一颗爱慕的心，他回她的是一世相许的情。她在投赠木瓜前，并未想过他家可有百亩良田，可有骏马忠仆。他在回赠美玉时，也并未想过她父兄身份如何，她家能给多少陪嫁。

她对他一见倾心，他对她视若珍宝。他们爱的，只是一个人，而不是一个人的经济地位和社会地位。一眼望去，入了眼，动了心，就定下了终生之约。爱得纯粹，爱得坦诚，这样的爱情实在是可贵。

一个木瓜，一块美玉，就是他们的定情信物。

唐代女诗人晁采的《子夜歌》也写了男女间的定情之物：“轻巾手自制，颜色烂含桃。先怀侬袖里，然后约郎腰。”

美丽的姑娘亲手缝制了漂亮的腰巾，丝质的腰巾薄而轻盈，颜色是灿烂的桃色，姑娘没有急于把腰巾送出去，而是先放进了自己的衣袖中。当腰巾染上自己的体温后，再送给心上人束扎腰身。

腰巾束在情郎的腰上，因染了她的体温，倒像是她的玉臂环绕着情郎的腰。这可爱的姑娘啊，因为太爱那个人，居然有了如此暧昧的想象。

腰巾并不贵重，贵重的是她那颗装满了爱意的心。

真心爱一个人时，就会想把自己的一生和对方绑在一起，想把自己最宝贵的物品送给对方。

欧·亨利的小说《麦琪的礼物》，讲述的就是因为爱而互送礼物的故事。

吉姆有一块视若珍宝的金表，是祖父传给父亲，父亲又传给他的传家宝。德拉有一头引以为傲的秀发，长及膝下，如同闪耀着光芒的瀑布。

德拉卖掉了她美丽的长发，为吉姆买了一条朴素的白金表链。如同很多优质物品那样，这条镂刻着花纹的表链，虽然没有华丽的装潢，却是实实在在的上等货色，更重要的是它恰好配得上吉姆的那只金表。

吉姆卖掉了他酷爱的金表，为德拉买了一套梳子，两鬓用的，后面用的，样样俱全。那套梳子，德拉很久以前在商场的橱窗里见过，她喜欢得不得了，但她买不起。这些纯玳瑁做的美丽发梳，边儿上镶着漂亮的珠宝，颜色同她失去的美发非常匹配。她渴望过这套梳子，但因其太昂贵，她从未想过拥有。

因为爱，他们舍弃了自己最宝贵的物品，为对方置办了礼物。虽然这礼物已经派不上用场，但他们并不后悔，因为他们已经收获了最宝贵的礼物，那就是对方的真心。

物品有价，真心无价。有人爱寒冬里的一碗热汤，有人爱春日里的一朵小花。爱情里的馈赠，是情感的表达，无法用金钱去衡量。

张爱玲写道："你问我爱你值不值得，其实你应该知道，爱就是不问值得不值得。"

什么才叫值得？爱对了，一块手帕也会被视作无价之宝；爱错了，一块黄金也会被视若尘埃。

爱情，本就是一笔糊涂账，无法清清楚楚地计算出得失，无法明明白白地计算出价值。可能结局未必能让人满意，但过程却足以让人回味一生。

再回头看那投赠木瓜的少女，那回赠美玉的少年，只觉得美好年华里，两个美好的人相遇相爱，无关利益得失，只是互赠一颗真挚的心，实在是爱情最美的样子了。

爱可以是一个木瓜，也可以是一块美玉，谁比谁付出得多一些并不重要，重要的是两个人都对此甘之如饴，内心欢喜。

投我以木桃，报之以琼瑶。愿每个渴望爱情的男女，都能得到如此美好纯粹的爱情。愿这世间的爱情，没有辜负与算计，只有真心与温暖。

【佳句积累】

投我以木桃，报之以琼瑶。

今译：你投赠我木桃，我回赠你美玉。

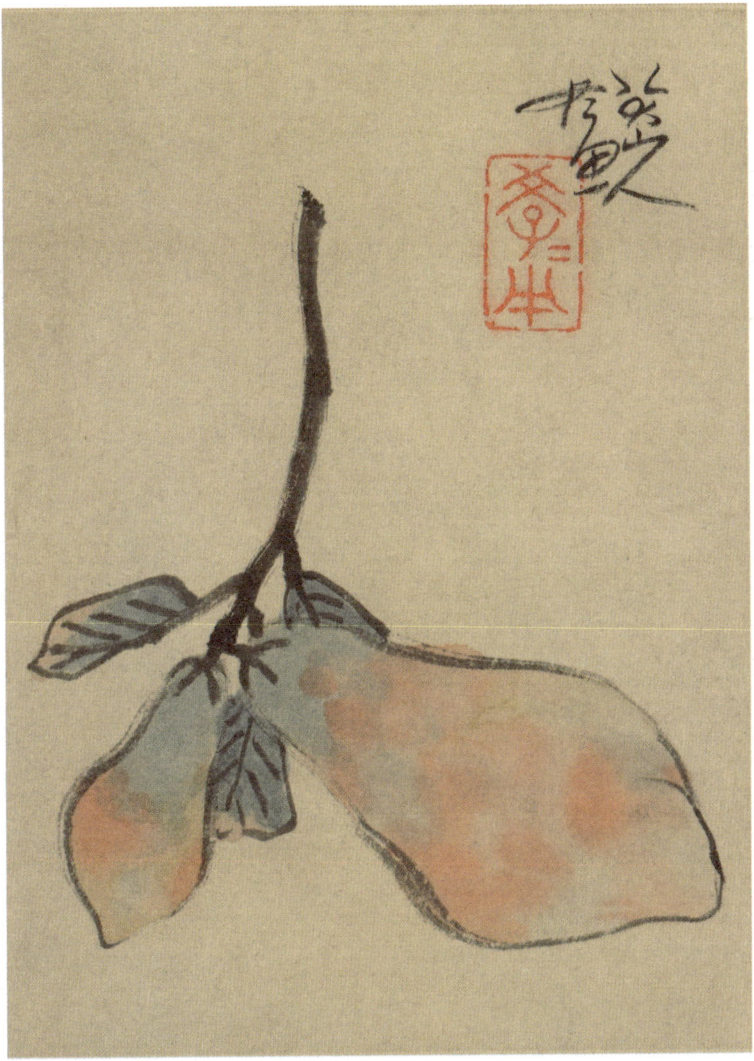

［清］朱耷《木瓜图页》

[清]黄钺《寿世征祥册·恒椿衍寿》

陈风·东门之杨　为谁风露立中宵

东门之杨，其叶牂牂。昏以为期，明星煌煌。

东门之杨，其叶肺肺。昏以为期，明星晢晢。

牂（zāng）牂：茂盛的样子。一说风吹树叶声。

昏：黄昏。

期：约定的时间。

明星：明亮的星星。一说为启明星，晨见东方。

煌煌：明亮的样子。

肺（pèi）肺：茂盛的样子。一说风吹树叶声。

晢（zhé）晢：明亮的样子。

这本该是一个浪漫的故事，一场甜蜜的约会。

他和她约好，黄昏时分，在东城门外的白杨树下见面，说好的不见不散，她不来，他不走。他早早地就来赴约了，那时，她还没来。

女孩子家总是会矜持一些，或许，她是在家里一件件地试穿衣裙，想要穿一件最能彰显她婀娜身姿的衣裙来见他。也或许，她是对眉的深浅不满意，反反复复地洗了描，描了洗，想要用最俏丽的姿容来见他。

所以，她迟一点来没关系。那树下眉眼清亮的男子如此安慰着自己。

这怀揣着爱情的男子，依偎着那棵白杨树，抬头看着树上浓密的叶片，看那叶片被金色夕阳镶上了金边。他回忆着和恋人在一起时说过的那些甜蜜情话，眼前浮现出那娇媚的容颜，嘴角不禁弯起了一个好看的弧度。

他爱她，所以，等一会儿又有何妨。

夕阳的光线渐渐淡了，晚霞染红了树上那浓密的叶片。他抬头看了看天空，心中不禁有些着急。她为何还未来？难道是父母不让她出门？难道是她临时改变了主意？难道是她不再爱他了？这内心渐渐焦虑起来的男子，不由得胡思乱想起来。

约好的在黄昏相会，如今夕阳已逝，星星一颗颗地闪烁起来，他等待的佳人却还未来。男子不停地在树下来回踱步，内心焦急万分，却又不敢轻易离开，怕她来了见不到他。

眼看着夜色渐浓，女子的身影还是未出现。男子不由得叹息起来，明明约好的黄昏时见面，居然直到满天星辰还不见人影。看来，她不会再来了。

关于等待的时间，还有一种说法是，男子从黄昏等到黎明，也未等到心上人。

一个痴情的男子，一个失约的女子，他们的爱情不知会何去何从。

对于恋人来说，约会是一件甜蜜的事。两个人一起看风景，一起谈诗画，一起诉衷肠，道不尽的情意绵绵。

最美好的约会就是双方准时赴约，甜甜蜜蜜。最无奈的是一方失约，另一方走也难、留也难，心中愁绪万千。还有人，成了恋爱中的前任，再也不会赴约。

《生查子·元夕》中写的就是一方失约的故事。

去年元夜时，花市灯如昼。

月上柳梢头，人约黄昏后。

今年元夜时，月与灯依旧。

不见去年人，泪湿春衫袖。

去年的元宵节，夜色里是一盏盏瑰丽的花灯，将夜晚照得如白天一样明亮。她和心上人约好，傍晚时分在柳树下相见。

他如期而至，一袭青衫，笑容温暖，风度翩翩。她灵动的眼神里满是笑意，轻挽他的手臂，共赏元宵美景。

爱情，是最甜的糖。那个元宵之夜，甜透了她一年的时光。

今年的元宵节如期而至，月色一如去年般皎洁，花灯一如去年般瑰丽。然而，去年的爱人，却没有如去年般赴约而来。

她怅惘地望着熙熙攘攘的人群，花灯下，他们是幸福的。可她，只有眼泪。还记得去年的元宵之夜，他温情地对她说，明年依旧陪她看花灯。她当时撒娇说，不是明年，是每一年。他含笑应允。

然而，今年的元宵之夜他失约了，往后余生的每一个元宵之夜，他都会失约。山盟海誓犹在耳，恋人早已各东西。

她知道，她再也等不到他，可她还是抱着试试看的心思，漫无目的地行走在花灯点缀的街道上，幻想着能和他重逢，听他惊喜地喊出她的名字。

他许下的诺言，他定下的约会，已随风而去。一个身影单薄的女子，在人群中流着泪前行，只为一个失约的恋人，一份已经戛然而止的爱情。

若是等到了准时赴约的恋人，那情景自是有所不同。一个准时等，一个准时来。共语静好时光，共对似水流年，共看繁华人间，你依我依，这种约会的意趣最是温馨。宋代著名女词人朱淑真在《清平乐·夏日游湖》中写了自己的一场约会：

恼烟撩露，留我须臾住。携手藕花湖上路，一霎黄梅细雨。

娇痴不怕人猜，和衣睡倒人怀。最是分携时候，归来懒傍妆台。

夏日，他和她相约游湖。湖光山色，尽入人眼。他和她携手看翠绿苍青，看缭绕云雾，看藕花盛开。在花香弥漫的小路上，在黄梅细雨之中，留下了他们浪漫的情怀。

恋人在一起，时光总是太匆匆。转眼间，到了分离的时刻，他送她一程，她再反过来送他一程，来来回回不舍得分开。最终，他们还是分开了。

相见时有多美好，相离后就有多无趣。回到家后，她心里还一直想着他。愁苦之中，她只恨自己不能分分秒秒和他在一起，哪里还有心思去梳妆呢？

相恋的人，总是想时刻见到对方，说不完的话，谈不完的情。一次约会结束，就盼望着下一次约会再来。在每一场相约中，恋人的如期而至就是幸福的序幕。

清代诗人纳兰性德写的《落花时·夕阳谁唤下楼梯》中，也有一个爽约的恋人：

夕阳谁唤下楼梯，一握香荑。回头忍笑阶前立，总无语，也依依。

笺书直恁无凭据，休说相思。劝伊好向红窗醉，须莫及，落花时。

黄昏时分，她站在夕阳下，看一眼那忐忑的男子，强忍笑意站在那里，一言不发。手如柔荑，肤如凝脂，默然伫立的她楚楚动人。

她的情郎在书信中跟她约好了相见的时间，却没有按时来见她，她的等待让她备感委屈。于是，当他出现在她面前时，她先是做出生气的样子，保持沉默。听他把解释的话说了一箩筐，听他小心翼翼地赔罪，心头那点抱怨就彻底消散了。

都说爱情会让人的智商归零。他的爽约，必是有不得已的缘故；他的爱意，必是深沉炽热的。可是，面对娇嗔的恋人，他却不知她已释怀。

他焦急地想要进一步解释，却又不知怎么说才能获得她的谅解，一时间苦恼不已。看他如此，她心中又生出些许不忍来，于是，她就用俏皮的口吻提醒他："劝伊好向红窗醉，须莫及，落花时。"

春光正好，珍惜相处的时光，有花堪折直须折。他和她，就在那春光里。

再看东门之外，那个等待恋人的男子，从黄昏到深夜，都未等到他的恋人。他还在等，她来或者不来，他都要再等等。

【佳句积累】

昏以为期，明星煌煌。

今译：约好黄昏时相会，却让我苦等到明星闪闪亮。

第三辑　怜取眼前人

烟火人生，有甜有苦，柴米油盐可以幸福，锦衣华裳却未必如意。

[清] 金廷标《仕女簪花图》

周南·桃夭　花落花开自有时

桃之夭夭，灼灼其华。之子于归，宜其室家。

桃之夭夭，有蕡其实。之子于归，宜其家室。

桃之夭夭，其叶蓁蓁。之子于归，宜其家人。

夭夭：花朵怒放，美丽而繁华的样子。

灼灼：花朵色彩鲜艳如火，明亮鲜艳的样子。

之子：这位姑娘。

于归：姑娘出嫁。古代把丈夫家看作女子的归宿，故称“归”。

宜：和顺。

蕡（fén）：果实硕大的样子。

蓁（zhēn）：草木繁密的样子，这里形容桃叶茂盛。

正是桃花盛开的日子，一户人家的门头与桌案上，贴满了红艳艳的“喜”字。年华正好的女子，端坐镜前，细细梳妆。

弯弯的眉，明亮的眼，柔嫩的唇，她有着青春时光里最美的样子。

如凝脂般的肌肤，曼妙的身姿，明艳的容颜，与桃花争妍斗胜，桃花也不得不甘拜下风。

这样美丽的姑娘，又有着使家庭和睦的美德，最适合娶到家做老婆。

不得不说，古人的智慧放到今天也依然实用。

外表美，养眼；心灵美，宜家。娶一个漂亮又贤惠的老婆，对于一个男人来说，要面子有面子，要里子有里子，做梦都能笑醒。

在最美的年华里，遇上对的人，可谓是所有未婚男女的心声，需要的是天时、地利、人和。

说起来，当时的统治者为了发展人口，也是费尽了心机。他们针对到了婚嫁年龄的男女们，制定了相关规定。

《周礼》中有相关记载：“仲春之月，令会男女，于是时也，奔者不禁。若无故不用令者，罚之。”意思就是说，男女到了适婚年龄，必须结婚。没有特殊原因，该结婚不结婚，还会受罚。

当时的政府，提倡在春天举办婚礼仪式，如果这时候还没条件做全纳采、问名、纳吉、纳征、请期、亲迎的六礼程序，也可以一切从简，直接举办婚礼。

那时还没有引进西方的一些婚礼习俗，新娘也不必穿洁白婚纱，更不必去教堂盟誓，她只需穿上大红的喜服，头顶红盖头，轻移莲步，踏上迎娶的花轿。

在那个时代，夫家被看作女子的归宿，姑娘出嫁后，就成了夫家的人。她的未来，在她的夫婿那里。

那时也还没有哭嫁之风，那红盖头下的脸多半是含了娇羞的，带了憧憬的。

她想象着，她将和一个男人共同生活在一起，一室之内，红帐暖衾，温言软语，她甘心为那男人开枝散叶，随他一起细数时光。

在她的想象里，未来绚丽得如同那满树的桃花。

贺喜的亲朋们不停地说着祝福的话，意思基本上相同：“桃树茂盛，桃花鲜艳夺目，新嫁娘年轻而美丽。她嫁过去，婆家就会兴旺发达。”“这个女子身体健康，品性贤良，她嫁过去，会多子多福，让婆家的日子红红火火。”

听着听着，会无端地听出几许薄凉来。嫁了人，女子似乎就不再是自己，而更像是婆家的工具人，帮助婆家开枝散叶，相夫教子，侍奉公婆。

在男权社会，男人娶妻的标准是什么呢？首先是美丽。很少有男人愿意通过女人丑陋的外表去探究她美丽的灵魂。

女人的颜值高低，很大程度上决定了男人对她的态度。或许正因为如此，金庸笔下那个擅长施毒的恨嫁女蓝凤凰才会冒险筹集天下名剑，以换得杀人名医平一指的医助，让自己得以貌美如花，有资格去寻求翩翩美少年的青睐。

就连完全可以独立生活的现代女性，也会为了增加颜值而花费金钱与精力，进行各种护理与保养，只为了让自己美一点，再美一点。

只不过，现代女性追求美不一定是为了悦人，也可能是为了悦己。不管是悦人还是悦己，都逃不脱一颗爱美之心。

让人爱，要有颜值；爱自己，要有颜值。所以啊，从古至今，追求美没毛病。

而多子在当时也是多福的标志，因此，男人娶妻的另一个重要标准就是体健。

除此之外，还有更重要的一点——要贤良。据《礼记》记载，古时，女子出嫁前三个月，必须接受宗室的教育："教以妇德、妇言、妇容、妇功。"

不难看出，这种婚前教育的核心就是"三从四德"。

古代的女子，社会地位远远不及今日的女子。男女平等、女子也顶半边天等让女子扬眉吐气的观念，在当时是完全不存在的。

那时候的女子，生活是相当不容易的。

女子出嫁后，要孝敬公婆，疼爱小姑，顺从丈夫，恪守妇道；要忍得了公婆无故责骂，接得了小姑刻意刁难，受得了男人三妻四妾。

这样的未来，真的是幸福的吗？这不是一个新嫁娘需要考虑的问题。她只愿意相信，未来一定是美好的。当蒙在头上的红盖头被掀开时，听他说一句：“桃花万朵不如你。”

自桃之夭夭起，桃花与美人、爱情就结下了不解之缘，并成为诗词中的经典形象。这当中最有名的，当属唐代诗人崔护的《题都城南庄》。

去年今日此门中，
人面桃花相映红。
人面不知何处去，
桃花依旧笑春风。

除了爱情，桃花还有其他况味。

759年，诗圣杜甫奔赴成都。到达成都后，好友严武帮他在西郊浣花溪畔建成草堂，就是流传至今的“杜甫草堂”。

至此，杜甫结束了颠沛流离的生活，生活日渐安定下来。春风里，杜甫漫步江边。一树树的桃花自由自在地开放，深红是美，浅红也是美，就像杜甫的心情，安宁、平和。

心情愉悦的杜甫有感而发，写下了一首关于桃花的诗：

江畔独步寻花（其五）

黄师塔前江水东，春光懒困倚微风。
桃花一簇开无主，可爱深红爱浅红？

诗中的桃花，是杜甫岁月静好的幸福感。在诗人风雨飘摇的人生中，黄师塔前的那簇桃花，虽然短暂，却是他苦涩人生中难能可贵的一丝甜。

只可惜，杜甫终究没有等到属于他的现世安稳。唯有那簇桃花，定格在那年春天。

桃花是男人的梦，也是女人的风骨。

南宋，浙江台州，太守府，官妓严蕊因一首桃花词开启了新的人生。

据说严蕊出身书香之家，后为家中变故，无奈沦落到了风尘浪里。她色艺双绝，却只向往俗世烟火。

在新任太守唐仲友的接风宴上，她赋词一首——《如梦令·道是梨花不是》：

道是梨花不是。

道是杏花不是。

白白与红红，

别是东风情味。

曾记，曾记，人在武陵微醉。

全词不见桃花二字，却句句在说桃花。严蕊以桃花自喻，表明自己身在风尘，心在桃源。

唐仲友对这首词赞不绝口，让严蕊感觉到如遇知音。她窃喜，觉得可以抱牢唐仲友的大腿，实现从良的心愿。

说到这里，我们有必要了解一下官妓。在当时，官妓归官方管理，需要官府出具文书，才能脱离乐籍。

1182年，唐仲友欲为严蕊落籍，允许她与他的母亲同住。眼看着脱离乐籍指日可待，她却因为朱熹和唐仲友的“职场掐架”，成了箭靶子。

朱熹弹劾唐仲友，声称唐仲友和严蕊有不正当关系，并下令黄岩通判把严蕊抓进大牢。（宋朝法律规定，官妓只能陪官员吃喝游玩、唱歌跳舞，不得有任何暧昧关系。）

本以为严刑拷打之下，严蕊会乖乖地交代出朱熹想要的答案。不料，严蕊也是个有骨气的，她宁死不从，并表明态度：“唱歌跳舞、吟诗喝酒是有的，除此之外，啥事都没有。就是被打死，也决不诬陷好人。”

朱熹调走后，岳霖来接任。此时，严蕊已被折磨得奄奄一息。岳霖对她很是同情，令她用诗词表明心迹。

总算是遇到了个明白人，严蕊迅速写下一首词——《卜算子·不是爱风尘》：

不是爱风尘，似被前缘误。花落花开自有时，总赖东君主。

去也终须去，住也如何住。若得山花插满头，莫问奴归处。

词中不卑不亢的述说，表明她对自由生活的向往。

岳霖很爽快：“你从良之意决矣。这是好事，我当为你做主。”随即拿来官妓名册，把严蕊的名字除去，允许她从良。

严蕊终于自由了。

不过，她的故事在国内广为流传，风头远远超过了“职场互撕”

的朱、唐二人。家世显赫的赵姓公子听闻之后，仰慕她的气节与才识，将她迎娶，与她相爱到老。

这样的结局，也算圆满。

山花插满头，莫问奴归处。人生海海，那一树绚丽的桃花始终笑对春风，初心不改。

【佳句积累】

之子于归，宜其室家。

今译：这位姑娘嫁进门，夫妻美满又和顺。

[清]金廷标《碧桃轴》

[清] 冷枚《养正图册》

齐风·东方之日　　一生一世一双人

东方之日兮，彼姝者子，在我室兮。在我室兮，履我即兮。

东方之月兮，彼姝者子，在我闼兮。在我闼兮，履我发兮。

姝：貌美。

履：踩，踏。

即：就。一说通“膝”，古人席地而坐，安坐则膝在身前。

闼（tà）：内门。一说内室。

发：走去，指蹑步相随。一说足迹。

那一日，是他们一生难忘的日子。

她在亲友的祝福声里，身穿嫁衣，轻移莲步，随他的迎亲队伍回家。从此，她有了一个新的家。想到这，红艳艳的盖头下，她羞涩地抿着红唇笑了。

家，是他的，也是她的，她将成为一个家庭的女主人，这种感觉很新奇。对于新的生活，她有点担心，也有点向往。就这样，她胡思乱想了一路，直到他牵着她的手，共入洞房。

红盖头被他掀起，她清亮柔美的双眼带着娇羞，也带着喜悦，莹白娇嫩的脸上也泛起了两片绯红。飞快地看一眼俊美健硕的他，她就红着脸低下了头。

他温柔地拉着她的手，跟她说着知心的话。他说，他对她的爱，是夜深不闻更，是独坐倍思卿。他曾为她有过很多不眠之夜，如今，终于娶到她，他此生无憾。

原来，他比她想象的还要爱她。明白了这一点，她放下了心中那最后一丝忐忑，安心地靠在他的怀抱里。

新婚燕尔，琴瑟和谐，他宠她，她就索性做个调皮的小女孩，他走到哪里，她就跟到哪里，踩着他的足迹，她觉得内心踏实无比。

而他，也狂热地爱着她，因为爱，她在他眼中就是这世界上最美丽的姑娘。在任何场合，他都毫不避讳对她的欣赏。他夸赞她的美丽与温柔，他炫耀她的日夜陪伴，他感慨他们夫妻的情深意长。他的幸福，他恨不得让全世界都知道。

关于这首诗的主旨，朱郁仪在《诗故》中说意在“刺淫”，牟庭在《诗切》中说意在“刺不亲迎”。也有人认为这是回忆与女子幽会的情诗，或者是一首婚礼之歌。虽然见解有所不同，但都认可这首诗关乎男女情事。

诗中展现的是爱情的甜蜜、婚姻的美满。一个有情，一个有意，所嫁与所娶，皆是至爱。从此，一生一世一双人，红尘与共。所谓幸福婚姻也不过如此。可是，这世间，总有些人难以如愿。

少年白居易和母亲居住在符离，母亲很严厉，刻苦读书的日子清苦中包含着枯燥，这对于渴望五彩世界的少年来说，无疑是一种精神折磨。因此，偶尔的郊游就成了白居易精神上的最大享受。

在郊游中，白居易遇到了活泼美丽的姑娘湘灵。他爱她的甜美可爱，她爱他的学富五车，少年钟情，少女怀春，爱情就这样来到了他们身边。

然而，美好的爱情总是败给残酷的现实。很快，白居易随父离开符离前往衢州，临行前，竟无法与心上人见上一面。到了衢州，他被思念折磨，身体每况愈下，不得已之下，父母又将他送回符离，他和湘灵得以相聚。

白居易的母亲不喜欢湘灵，认为她美则美矣，却妇德不足，配不上自己的家世，也配不上自己的儿子。面对母亲的反对，白居易抗争过，却总是失败，无奈之下，只能以“终身不娶”抗拒母亲的阻挠。

后来，他赴京任职，与湘灵告别时，她送给他一双精心缝制的布鞋，希望这双鞋能代替她陪他走一程。回首肠已断，此去莫回首。她看着他渐行渐远，泪水涟涟。

这一别，就是十年。十年的光阴，依然没有改变固执的白母，在她以死相逼之下，心如死灰的白居易娶了杨氏。年近四十，却依然无法娶得所爱，他内心也是痛的吧。

“美人与我别，留镜在匣中。自从花颜去，秋水无芙蓉。经年不开匣，红埃覆青铜。今朝一拂拭，自照憔悴容。照罢重惆怅，背有双盘龙。”他抚摸着湘灵送给他的铜镜，思念疯长。

几年后，他被贬去江州，晾晒衣物时发现了她当年送给他的布鞋。睹物思人，他又想起当年的那个可爱少女，感慨万千。

转眼间，又一个十年过去了，已生白发的他途经宿州，又遇到了那个被他念了半生的女子。少年离别老相逢，唯叹时光太匆匆。后来，白居易再经宿州时，听闻湘灵依旧单身，便有重温鸳梦之意，只是，湘灵已经寄身于青灯黄卷，对他，再也没有了少女时的期盼。

他问：“平生忆念消磨尽，昨夜因何入梦来？”

她答：“梦中已经相见，何须再见，就此别过，各自为安。”

“步步比肩行”“枝枝连理生”，曾经是他们共同的心愿，她等了他半生，他念了她半生，最终，相爱的人还是错过了。

如果当年，他和她顺利地结为夫妻，或许就可以过上“何处闲教鹦鹉语，碧纱窗下绣床前”的温馨日子。只可惜，有些爱情错过了就是永远，他们再也不能重温旧梦。

与之相比，《东方之日》里的这对小夫妻还真是幸运，能够在最美的岁月里牵手最爱的人，恩恩爱爱，白头到老。

愿得一心人，白首不相离。这是无数痴男怨女的心声。有些人，幸运地得到了。也有些人，穷其一生，难以如愿。

【佳句积累】

在我闼兮，履我发兮。

今译：就在我家内门旁啊，悄悄随我情意长。

郑风·女曰鸡鸣　　执子之手共余生

女曰鸡鸣，士曰昧旦。

子兴视夜，明星有烂。

将翱将翔，弋凫与雁。

弋言加之，与子宜之。

宜言饮酒，与子偕老。

琴瑟在御，莫不静好。

知子之来之，杂佩以赠之。

知子之顺之，杂佩以问之。

知子之好之，杂佩以报之。

昧旦：天色将明未明之际。

兴：起。

视夜：察看夜色。

将翱将翔：指已到了破晓时分，宿鸟即将出巢飞翔。

弋（yì）：射。用生丝做绳，系在箭上射鸟。

凫：野鸭。

言：语气助词，下同。

加：射中。

与：犹“为”。

宜：烹调菜肴。

御：用，弹奏。

来：关怀、体贴之意。

杂佩：古人佩饰，上系珠、玉等，质料和形状不一，故称“杂佩”。

问：慰问，赠送。

好（hào）：爱恋。

[明]佚名《宣宗马上像》

这是一场温馨的家庭生活剧。

清晨的鸡鸣声中，年轻的妻子轻轻地推了推酣睡的丈夫，娇嗔道："公鸡都开始打鸣了，该起床了！"床上的男子睁开蒙眬的睡眼，瞄了一眼妻子，说："天还没亮呢，再睡会儿。"

男子闭上眼睛，又要继续睡。女子温柔而坚定地对男子说："你推开窗户看看，天上的启明星亮得很。天马上就要亮了，你别再睡了，巢里的鸟儿都要满天飞了，早起的鸟儿有虫吃，早起的猎人有猎物打，你也该整理好弓箭去芦苇荡了。"

男子随即起床，拿着弓箭出门时对妻子说："你等着，我打两只大雁给你带回来。"

在古代，为了改善生活，男子经常去打猎。不管是野猪、野兔还是野鸭、大雁，猎到了都能拿回家调剂一下餐桌上的菜肴。

诗中的男子要捕猎的对象是野鸭或大雁，方法就是弋射。弋射所用的箭头是平头的，古名矰。这种射法就是用细细的丝绳拴在箭头尾部，把丝绳另一端系到线轴上，随后固定在地面上。

当猎物正面飞过来时，用箭头撞击它，二者碰撞时，箭头就会下坠，它后面的丝绳就会往猎物脖子上绕，这样又撞又拖，就把猎物打到手了。

清晨，环境比较安静，相对来说，更容易猎到警觉的凫雁。所以，猎人往往会天不亮就出发，早早地出去打猎。

丈夫提着猎物回家后，妻子就开始烹饪。菜做好后，夫妻二人倒上两杯自酿的酒，品尝着自做的美味佳肴，再说些知心的家常话，如此岁月静好，白头偕老，就是幸福的样子啊！

琴瑟在御，莫不静好。《诗经》多以琴瑟写男女之情，就连《关雎》中的君子，想要追求心上人时，也曾想过要“琴瑟友之”。

琴音细长清润，宛如女子。瑟声浑厚低沉，宛如男子。二者各为其调，又互相唱和，演奏时常互相配合，琴容瑟，瑟合琴，二者浑然一体。春秋时期，流行演奏琴瑟，琴瑟和谐也往往被用来表达男女之间情意真挚和谐。

诗中的女子“来之”“顺之”“好之”，她的体贴、温柔、爱恋，男子都懂。他把杂佩送给她，以“赠之”“问之”“报之”，杂佩不值钱，但他借杂佩表达的爱意、谢意、同心之意却是无价的。

爱情，是需要回应的。男子深谙此道，对妻子的付出给予了充分的肯定，并郑重地表明了对妻子的爱意。贤良的妻子，体贴的丈夫，和和美美，简简单单，就是幸福家庭的模样。

《齐风·鸡鸣》描述的也是幸福婚姻的日常生活。

鸡既鸣矣，朝既盈矣。

匪鸡则鸣，苍蝇之声。

东方明矣，朝既昌矣。

匪东方则明，月出之光。

虫飞薨薨，甘与子同梦。

会且归矣，无庶予子憎。

黎明时分，妻子喊丈夫起床，让他赶紧穿戴好官服去上朝。贪睡的丈夫不肯起来，妻子劝说：“鸡叫了，上朝堂的人都到了。”意思就是说：“赶紧去吧，你都要迟到了。”

丈夫睡得正香，不肯起，辩解说：“哪里是鸡叫，分明是苍蝇的声音。”妻子又说：“天都亮了，这个时候，朝堂上的人已经很多了。”丈夫却还是不肯起，他对妻子说：“天没有亮，那是月光。你听虫飞的嗡嗡声，我甘愿与你同入梦。”

“可是朝会马上就结束啦，你别让人家非议我们！”

最后，想必是这娇嗔的妻子索性往榻上一躺，摆出要再睡一会儿的架势，而那需要上朝的丈夫，则立即结束了对妻子的戏谑，在妻子的嗤笑声里慌忙起床穿戴好衣冠，道别妻子去上朝。

妻子催丈夫起床，丈夫则故意跟她唱反调，这种夫妻间的生活情趣，也是别有一番滋味。

幸福的婚姻总是相似的，虽然生活的日常表现形式并不一样，但各有各的趣味，起点与终点都是爱。

夫与妻，是各自身边最重要的人。恩爱和谐的夫妻互相陪伴、守护，共度流年。不管是花团锦簇，还是惊涛骇浪，从始至终，携手共度。

和一个温暖的人相爱相伴，岁月静好，是幸福婚姻的标配。李清照的词《减字木兰花·卖花担上》描述了幸福婚姻的一个片段。

卖花担上，买得一枝春欲放。
泪染轻匀，犹带彤霞晓露痕。
怕郎猜道，奴面不如花面好。
云鬓斜簪，徒要教郎比并看。

女子都是爱花的，哪怕是满腹诗情画意的李清照，也一样不能免俗。

清晨的街头，她看上了卖花担上的一朵含苞待放的花儿，花骨朵儿上还沾着露珠，晶莹可爱。“真美啊，就这枝吧。”她轻轻地说道。付了钱，从卖花担上拿走这朵花儿，想起家中的情郎赵明诚，她的心里甜甜的。

这么美丽的花儿，她是要分享给丈夫看的。“可是，如果他觉得花儿比我还美，加倍喜欢这花儿，那可怎么办呢？”

你瞧，花儿的醋，女子也是要吃的。想把自己眼中的美好也分享给丈夫，又怕丈夫觉得花儿比人更娇，这可真是一个难题。

女子手里捏着花枝，边走边思索：如何不被花儿分走他宠溺的目光？“不如把这花儿插到发间，让他看看，到底谁更好看。”女子顺手把花儿插入鬓发之间，巧笑嫣然地向家走去。

推开家门，鬓插春花的她缓缓走向他。彼时，他手捧一卷诗书，抬头时就看到了她进门时的美好。花似人，人似花，怎一个美字了得。

已为人妻的李清照，买花，赏花，戴花，比花，像极了一个活泼俏皮的少女，在等待情郎的评判。

嫁为人妻，还能有这般心思，这样的婚姻里，一定有一个爱妻宠妻的好郎君，让她想起他就心跳，想起他就唇边带笑。

幸福的婚姻，无非就是两情相悦，地久天长，执子之手，从青丝到白发，平淡的日子里，心中洒满了阳光。

【佳句积累】

宜言饮酒，与子偕老。琴瑟在御，莫不静好。

今译：佳肴做好同饮酒，白头偕老永相爱。我弹琴来你鼓瑟，夫妻和美乐陶然。

[明]唐寅(传)《人物故事册》

郑风·扬之水　　唯愿恩爱两不疑

扬之水，不流束楚。终鲜兄弟，维予与女。无信人之言，人实迋女。

扬之水，不流束薪。终鲜兄弟，维予二人。无信人之言，人实不信。

扬之水：平缓流动的水。扬，悠扬，缓慢的样子。一说激扬之水。

楚：荆条。

鲜（xiǎn）：少。

女（rǔ）：通“汝”，你。

言：流言。

迋（guàng）：通“诳”，欺骗。

信：诚信、可靠。

这是一个女子的真情告白。

那一日，他突然从外地赶回家中，风尘仆仆的样子，让她很是心疼。

她迎他进内室，拿出新做的衣服让他试穿，他却冷冷地端坐在太师椅上，一双眼睛里充满了恨与怨。她惊愕，手中还拿着给他做的那件新衣，愣愣地看着他，不知道他为何会是这般态度。

瞪视了她一会儿后，他恨恨地开口道："为夫平时待你不薄，甚至为了你放弃了纳妾，你为什么还要和别的男人不清不楚？"

她被他的质问弄蒙了，他不在家的日子里，她一向洁身自好，大门不出，二门不迈，从不与外男接触，何来不清不楚之说？她要辩解，他却又冷冷地扔出一句话来："既然你如此不守妇道，给你一纸放妻书，咱们一别两宽，各自为安吧。"

看他欲取笔墨，她慌了，赶紧扯住他的袖子，连呼冤枉。为证清白，她真诚地对他说了一席话：

“缓慢流淌的河水，冲不开成捆的荆条，你我夫妻感情一向深厚，怎能被流言摧毁信任？我娘家兄弟少，出嫁后，你就成了我最大的依靠。有些人总爱捕风捉影，乱说闲话，以为我一个女子在家会不甘寂寞，却不知我对你从无二心。夫君啊，你可千万不要相信他们的话，流言不可信哪！”

扬之水，缓慢流动的水，犹如她的日子，不疾不徐，平稳安宁。这样的日子，她从未想过去打破。束楚、束薪都是指成捆的荆条，这是在暗示夫妻关系的稳定。

“终鲜兄弟”，娘家兄弟少，这话里莫名地多了些许辛酸。在娘家，她没有太多的依靠，只能嫁夫靠夫，希望丈夫能做她的靠山。但如果连丈夫都不信任她，甚至想要离开她，那她还能相信谁、依靠谁呢？

在男尊女卑的时代，女人的命运总会有些许的身不由己。如果可以，谁不想凡事靠自己呢？可她，只能在家靠父母兄弟，出嫁靠夫君。

她对夫君从无二心，流言却不知从何而起。她只能拉住夫君，向他说出自己的心里话，希望他信任她，不放弃他们这个温馨平静的家。

“君当作磐石，妾当作蒲苇。蒲苇纫如丝，磐石无转移。”就是她的心声。

她的忠贞，她的善良，能否换取丈夫的信任，诗中没说。诗中只说了女子的委屈与心酸，她那么信赖他，他却因为外人几句莫须有的流言而怀疑她。她视他为相依为命、携手一生的人，他却在怀疑她，怎不让人伤怀？

那温柔的女子，一口气说了那么多话，目的也只有一个：告诉丈夫她没有出轨。从来流言最伤人，别人说闲话并不可怕，可怕的是最亲近的人不相信自己。

或许，正因为丈夫也同样深爱着她，才会在听了流言后丧失了理智，缺少了清醒的判断。在她的解释下，他应该不会再被流言蛊惑了吧。

古时男子除正妻外，还可以纳妾，又因做官、经商等原因时常长期离家在外。男子在外是否拈花惹草，妻子大多是管不着的，但男子对妻妾的忠贞却看得很重。在这种社会环境中，丈夫听信了流言蜚语，回家质问妻子的事也是常有的。

“结发为夫妻，恩爱两不疑。”你我结为夫妻，相亲相爱互不怀疑。这话说起来容易，做起来难。夫妻相爱并不难，听到流言蜚语依然互相信任就没那么容易了。

清者自清，浊者自浊。说是这么个说法，但是，如果真被冤枉了，必要的解释是一定要有的。他信或者不信，都要去解释，不能默默地平白被冤枉了。

诗中那个无端被怀疑的妻子，诉尽了委屈，却不知能否得到丈夫的信任。

如果她的丈夫只是一时误判，冷静下来就察觉了流言中的漏洞，倒也不会动摇婚姻的根基，这段小插曲很快就过去了。

如果她的丈夫心胸狭窄，偏听偏信，就会一心相信无风不起浪，认定妻子不守妇道，婚姻解体只在朝夕之间。

但愿，他只是一时不察，被流言乱了心神。但愿，她的忠贞不被辜负。

越剧《碧玉簪》里的李秀英，也是一个被怀疑、被冤枉的女子。

李秀英是尚书之女，知书达礼，美丽善良。王玉林是翰林之子，才高学广，气宇不凡。他随父登门拜访，尚书看中他才貌俱佳，将女儿许配给他。

小丫鬟将他写的寿联拿与她看，她羞涩而欢喜。虽是父母之命，媒妁之言，二人倒也互相倾慕，对这桩婚事很是满意。

婚期将近，她开心地绣着嫁衣，听得窗外喜鹊叫喳喳，她抬头看向窗外道："窗前云鹊报喜讯，屈指吉日将来临。"镜头一转，他手捧诗书，似有心灵感应般，抬头应和道："李公青眼配佳人，灯花报喜佳期近。"

他们欢喜地等待着属于他们的婚礼，却不知，她那求亲不成由爱生恨的表兄，正在想方设法拆散他们。

她的表兄买通了媒婆，偷了她的一支碧玉簪，又伪造了一封情书，并将二者放在一起偷偷放到新房之中。

新婚之夜，他的满腔柔情被门槛上的一封情书摧毁。"青梅竹马""兄妹情深""玉簪一支，聊表心意""藕断丝连，情意难丢"……这些暧昧的词句激起了他的满腔怒火，他对情书内容深信不疑，从此，她在他眼中从冰清玉洁的名门女变成了伤风败俗的下贱女。

纵然她天姿国色，陪嫁丰厚，他也是百般冷落、虐待，并将情书的事情压在心头，既不告诉父母，也不向她吐露分毫，打算他日功成名就之时，再另娶淑女。

前一刻还柔情蜜意如同捡了宝，后一刻就视若草芥随时准备丢弃。

一个女子是否被爱，不在于她优秀与否、富裕与否，而在于男子的那颗心是否信她、怜她。当男子的心被猜疑占据时，女子无论做什么都是错的。

猜疑的种子一旦种下，不仅很难拔除，还会在心里迅速地生根发芽，直至长成参天大树，结出苦涩的果子。

可怜的李秀英，一夜无眠，独自度过了冷冷清清的洞房之夜，却不知自己错在哪里。新婚燕尔，本该甜甜蜜蜜，她却只能在他的叹息声里胡思乱想："他嫌我丑？他嫌我陪嫁少？他另有意中人？……"

她想要一个答案，他不肯给。她本也是爹娘手中的珍宝，嫁与他，倒被他当作路边草，随意践踏。她不知自己哪里错了，而他给她的只有冷漠与愤怒。她出于关心，为倚桌而睡的他盖了一件衣服，反遭他打骂凌辱。

"打都打得，骂又何妨？"他这话，说得着实可恨！

一封假情书当作真，他真是空读了满腹圣贤书，竟做那无情无义之人。真相大白之后，他考取状元，带着凤冠霞帔跪求她原谅，在双方父母的劝说下，她收下了凤冠霞帔，二人重归于好。

大团圆的结局，是观众都想看到的。可是，回头想想，未免有些心酸。如果他对她有那么一点点的信任，捡到情书后，就不会轻易地信以为真。

笃信、坚守才是夫妻恩爱的有力保障，如果没有了信任，任何一丝流言蜚语都有可能成为摧毁婚姻的利器。

若懂得珍惜身边人，彼此关爱、信赖，即使偶尔有些波折，婚姻亦能长安。

【佳句积累】

无信人之言，人实不信。

今译：千万不要相信别人传的闲话，他们说的那些话实在不可信啊。

郑风·丰　　空留悔字在心头

子之丰兮，俟我乎巷兮，悔予不送兮！

子之昌兮，俟我乎堂兮，悔予不将兮！

衣锦褧衣，裳锦褧裳。叔兮伯兮，驾予与行。

裳锦褧裳，衣锦褧衣。叔兮伯兮，驾予与归。

丰：容貌美好。

俟（sì）：等候。

予：我，此处指“我家”。

昌：体魄健壮。

堂：客厅，厅堂。

将：送，一说随行。

褧（jiǒng）衣：古代女子出嫁时御风尘用的罩衣，即披风。

叔、伯：指男方来迎亲之人。

驾：驾车。古时结婚有亲迎礼，男子驾车至女家，亲自迎接女子上车，一起回夫家。

归：女子出嫁归于男子之家。

［元］佚名《农村嫁女图》

那一日，他带着亲友和聘礼，驾着马车来。

她偷偷地从门缝里张望，看到巷子口，他站在喜庆的迎亲队伍前，修长的身影，一身红衣灼灼，燃起了她心中爱的火焰。她喃喃道："你穿着新郎服的样子真好看！"

母亲一把将她扯回房间，让她从此死了心。她不明白，为什么定好的婚事，突然间就被父母取消了。

早些日子，父母就说过让她退婚。她不肯，对父母说她只喜欢他。

昨日里，父母又说让她退了之前的婚事。她不肯，一定要嫁。父母这次也铁了心地要退婚，对她说这桩婚事不算数，她休想如期上嫁车。

她苦苦地哀求，父母就是不松口。一大早，听到迎亲的喧天锣鼓声，她就幻想着父母能临时改变主意，打开大门，让她上嫁车。可是，父母却将她禁锢在家中，并用严词赶走了迎亲的队伍。

他对她也是不舍得的吧，在巷子口，他伫立了很久很久。她知道，他在等她出门，只要她有勇气跑出家门，他就会立即带她坐上马车，一起回他们的新家。

父母软硬兼施，母亲更是放出话来：“你今日若非要嫁与他，就从我的尸体上踩过去吧！”亲情与爱情，生与死，让她一个待嫁的姑娘如何选择呢？

最终，她只能看着心灰意冷的他带着迎亲队伍离开。那一日，她以泪洗面，心如刀割。很多天过去了，她依然走不出退婚的伤痛，终日里茶饭不思，日渐消瘦。

也有媒婆上门提亲，可是，她心中满满的都是他，哪里还容得下其他人。

无数个日夜，她独自望着窗外，长长地叹息道：“子之丰兮，俟我乎巷兮，悔予不送兮！子之昌兮，俟我乎堂兮，悔予不将兮！”

她的叹息声，他听不到。他的近况，她也无从知晓。

一年又一年，时光飞速地流转，她已不再是青春少女，却依然记得，那一日，他身着喜服前来迎娶的光景。那本该是她最幸福的一天，却成了她最悲痛的一天。

如今，她是多么后悔，当初没有鼓起勇气奔出家门，坐上他的马车，跟他走。

衣锦褧衣，裳锦褧裳。她穿上锦缎衣服，外面罩上锦绣衫。那是她的嫁衣，美丽的花纹都是她一针针绣出来的。打扮好之后，她就开始呼唤他的到来：“带着迎亲的队伍，快点来接我吧，今天我就嫁给你！”

错过的爱情，她想要挽回。错过的夫君，她想要挽回。可是，她注定再也等不到他的婚车。

嫁给他，只能是个梦境。无论她多么后悔当初的决定，她都无法改变已经错失所爱的事实。

我们无从得知，她的父母为何在婚期已到的时刻，坚决阻止她出嫁。我们只知道，她在后悔，后悔当初没有嫁给他。

有些事，错过了就再也无法挽回。有些人，错过了就是一生。即便是千般悔、万般恨又如何呢？错过了就是错过了。

婚姻要依从父母之命的时代，有太多的爱情悲剧难以避免。

宋代女词人朱淑真曾经写过一首诗——《秋日偶成》：

初合双鬟学画眉，未知心事属他谁？
待将满抱中秋月，分付萧郎万首诗。

诗中表达了身为懵懂少女的朱淑真对爱情的期待，她不求门当户对，只求志趣相投。后来，她真的遇到了一个令她心生欢喜的少年。

少年本是朱家故交之子，因家道中落，借住在朱家。尚未功成名就的少年书生，尚未定下亲事的少女词人，才貌双全的他和她互相欣赏，情愫暗生。

初恋，最是纯净。那满腹经纶的少年，在她眼中如谪仙，在她父亲眼中却只是个前途未卜的穷小子。这样的少年，自然是不可能做朱家的女婿的。

父亲为她选定了婚事，对方是一个小官吏，两家也算是门当户对。她抗争过，可最后还是在父亲“都是为你好”的定论中，心不甘、情不愿地嫁给了那个人。

父亲觉得她嫁与官吏之后，依然能像在娘家一样锦衣玉食，奴仆成群，算是顶好的了。可她，却根本不在意这些，她只愿与良人吟诗作赋，相敬如宾，只要他懂她，哪怕吃糠咽菜她也乐意。

婚后的日子，实在是无趣。她的诗词，他不懂，也不屑于懂。在他眼里，她满身诗才不如拈针绣花来得实在。相处愈久，他的粗俗暴戾愈是令她痛苦。

无数个黯淡的日子，在她的愁苦中流逝。品性不端的丈夫，对她很是粗鲁，还时常用男尊女卑的思想压制她，强迫她去做她不愿意做的事。她满腹委屈，却不知去哪里诉说。

别人都说她有了富裕的生活，还不知足。他们不懂，她要的从来都不是物质的满足，而是精神的共鸣。她不幸福，却不知如何摆脱婚姻里的这个男人，更没有勇气逃离婚姻。她只能忍，一忍就是数十年。

丈夫在外不缺莺莺燕燕，在家也不缺娇媚的小妾。她冷落他，他就把心思花到其他女人那里。这场婚姻里，受煎熬的也只是她。

她无处诉说的苦闷，只能融入诗词之中。“鸥鹭鸳鸯作一池，须知羽翼不相宜。”他和她本非同类，被撮合在一起实在是痛苦。

“独行独坐，独唱独酬还独卧。”她是那么孤独，无论是行走，还是静坐、作诗、饮酒、休息，都只有一个人。无人爱，无人懂，无人可言，那种噬心的孤独，她只能忍耐。

某年，在丈夫又迎娶回一房小妾时，她终于不想再忍，主动提出与丈夫分居。她回了娘家，他带小妾调往别处为官，从此二人分道扬镳。

她以为可以解脱了，可是，并没有。外人对她指指点点，称她为弃妇。家人对她的行为也不理解，觉得她的做法有辱门庭。

在一个淫雨霏霏的日子里，绝望的她带着多年的悲戚，纵身跃入湖中。湖水带走了她的生命，也带走了她的哀愁。

在她心里，无数次梦想过和那个可以通过诗词交心的少年携手，可是，那样才华横溢的好儿郎，终究是与她错过了。

如果，她可以婚姻自主，就不会错过初恋。如果，她嫁给了爱情，就不会有后来的悲剧。无数个孤寂的白天与夜晚，她也是后悔无比的吧，后悔自己听从了父母命、媒妁言，后悔自己没有再勇敢些，去选择真正适合自己的人携手一生。

选择婚姻的机会并没有那么多，当一个合适的人站在那里时，如果没有及时牵手，或许就会错过一生的幸福。事后，再怎么后悔，也于事无补。

身为女子，本就不易。如果在最美好的年华里，遇到了最美好的那个人，那就勇敢些吧，千万别因一时的懦弱误了终生。

【佳句积累】

子之丰兮，俟我乎巷兮，悔予不送兮！

今译：难以忘记你美好的容貌，你曾在巷中久久地等待我，没跟你走真是后悔啊！

［清］费丹旭《芭蕉美人图》

邶风·新台　从此无心爱良夜

新台有泚，河水弥弥。燕婉之求，籧篨不鲜。

新台有洒，河水浼浼。燕婉之求，籧篨不殄。

鱼网之设，鸿则离之。燕婉之求，得此戚施。

新台：台名，卫宣公为纳宣姜所筑。

有：语助词，做形容词词头，无实义。

泚（cǐ）：鲜明的样子。

弥（mí）弥：水满的样子。

燕婉：指夫妇和睦。

籧（qú）篨（chú）：不能俯者。喻身有残疾不能俯视之人，此处讥讽卫宣公年老体衰腰脊僵硬状。一说指癞蛤蟆。

鲜（xiǎn）：少，指年少。一说善。

洒（cuǐ）：高峻的样子。

浼（měi）浼：水盛大的样子。

殄（tiǎn）：通“腆”，丰厚，美好。

戚施（yì）：蟾蜍的别名，喻驼背貌丑之人。

［明］仇英《汉宫春晓图》（局部）

那年，她像所有待嫁的女子一样，时常在内心勾勒出如意郎君的模样。

她心中的他，一定要年轻俊美，如此才配得上她美艳无双的绝世容颜。还要拥有高大的身材，如此才能让她有一种小鸟依人的幸福感。当然，他更要有满腹才学，能文能武。

时光飞逝，她心中那如意郎君的模样日益丰满，各国前来求亲的使者也陆续到来。

身为一国公主，她知道，她的婚姻只能是为国家谋求利益的工具，所嫁之人是否如心中所愿，由不得她。在他们齐国，已经有不止一位公主放弃了爱情，被动地嫁到其他国家的皇室。

公主啊，多么高贵的身份！正是这身份，让她从小就享受着荣华富贵；同样，也正是这身份，注定她在婚姻上不能任性，只能服从父皇的安排。

好在，父皇并非不疼爱她，在所有求亲的国家中，慎重权衡之后，父皇为她选择了卫宣公之子伋。伋年少有为，来日有望登基，而且伋又是个与宣姜年龄相仿的俊公子，综合来看，实在是最好的联姻对象。

这桩婚事，父皇满意，她亦满意。听闻，有几个国家的国君已是暮年。天知道，那些使臣来提亲的日子里，她有多么担心，担心父皇会把自己许给某个老态龙钟的国君。现在，她终于可以放下心来，毫无负担地等待出嫁了。

那一日终于来到了。她穿上火红的嫁衣，盖上火红的盖头，随着迎亲的队伍赶往卫国。那俊美如玉的少年郎，今日就要成为她的夫君，想到这里，盖头下的她红了面颊，弯了唇线。

多年之后，回忆起出嫁那日，她依然在想，如果时光停留在迎亲的路上，她的心就会一直停留在对伋的期待之中，永远甜蜜，永远幸福。

那一日，迎亲的车辇没有去卫国的宫廷，而是停留在了新台。只因为她的美貌世间少有，那寡廉鲜耻的卫宣公就动了邪念。他早早地设下了阴谋，建造了新台，将伋外派出使宋国，将宣姜拦截在新台。

可怜的她并不知，那一晚，她等到的不会是伋。盖头掀开之前，她还以为来的会是伋，那个众国皆知的俊美公子。

她羞涩地等啊，盼啊。烛火中，有急促的脚步声传来，盖头被人迅速扯去，与那人对视之际，她惊恐地喊出声来。

那人不是俊美无双的少年郎，而是一个鸡胸驼背的老男人。那丑陋的老头儿轻浮地笑着告诉她，他是卫宣公，从今夜起，她就是他的女人了。

她的质问，她的反抗，在他面前没有丝毫作用。那一晚，她肝肠寸断。当消息传回齐国时，木已成舟。

她的父亲在最初的暴怒之后，迅速冷静了下来，她只是一个联姻的公主，他虽然疼爱她，却仍然觉得，为了她发动两国之战是不可取的，况且，如若两国为此开战，她嫁过去的意义又何在?

“新台有泚，河水弥弥。”被束缚在这华丽的新台之中，她的泪、她的恨，如那盛大的河水般滔滔不绝，可这一切都注定无果。

公子伋同样是个可怜人，他是卫宣公与先帝妃子夷姜私通所生，从小就被放养到民间，直到卫宣公登基之后，他才被接到宫里。

他在宫里的日子并不好过，那些皇兄、皇弟的母家都有着显赫的背景，他们辱骂他，肆意欺负他。虽然他才华横溢，宅心仁厚，却还是备受歧视。

本以为能够娶得齐国公主，便有了齐国的助力，可以在这吃人的王宫里拥有一席之地，可以多一丝继承大统的保障。不谈什么继位，那样的美人，哪怕不争王位，只是和她平平淡淡地过着亲王的日子，他也是满足的。

他怎么也想不到，他的父王居然抢走了为他娶的妻。仔细想想，他什么都明白了。当卫宣公听闻宣姜之美后，就开始建造新台，其用意无非就在于得到宣姜。为他娶妻，只是一个幌子罢了。

他的好父王，根本不是临时起意，而是早有预谋。

他苦笑，在这华丽的王宫之内，永远无法预料会有多少肮脏事发生，事已至此，他又能如何？如今，她是父王的宠妃，他和她再无可能。

那天，他收拢了心，假装平静地向她施礼，一声“宣姜夫人”彻底拉远了他与她之间的距离。

匆匆一瞥间，他看到了她的绝世容颜，她亦看清了他的俊美不凡。

公子伋的心中也有过遗憾与愤懑，但孝道压身，再加上他本来就是个宽厚得有些懦弱的性子，对此，他选择向命运妥协，而不是抗争或者报复。

宣姜的心在见到伋之后更痛了，痛得她无法呼吸，痛得她不做点什么就活不下去。那本该是她的夫君哪，如今，却再也无缘。

想起那可恶的卫宣公，她心中有太多的恨。新台建造得再华丽，也只是囚禁她的牢笼，她对婚姻的所有憧憬，对爱人的所有期待，都被新台撕碎。

想起那俊美的公子伋，她心中也同样有恨，她恨他愚忠愚孝，那么快就平静地接受了事实，既没有为了她与卫宣公大闹一场，也没有带她私奔。天大地大，她宁愿随他浪迹天涯，也不愿陪那又丑又老的卫宣公夜夜笙歌。可是，他居然那么痛快地放弃了她。

她的恨，她的怨，都凝结为心头的誓言：为报今日恨与怨，誓要把这卫国搅乱！

宣姜不仅有美丽的皮囊，还有狠辣的手段。

她时而任性胡闹，时而讨好谄媚，将卫宣公迷得神魂颠倒。他对她的恩宠越来越牢固，她的心思也越来越重。

宣姜宠冠后宫之时，不断地挑拨卫宣公和伋的父子关系。自古君王都多疑，枕边人存心挑拨，卫宣公对伋的怀疑也越来越深。

疑心的种子，见风就长，很快就长成了一棵参天大树。帝王之家，父子之情也要排在王位之后，当儿子对王位有威胁时，父子之情顷刻间就会决裂。

最终，对伋充满了怀疑的卫宣公，决定除掉公子伋。

宣姜的儿子寿，是一个正人君子，天性纯良。寿和伋的关系一直很融洽，同样宽厚善良的两个人，惺惺相惜，以至于寿和伋的关系，比一母同胞的朔还要亲密。

寿听闻卫宣公要派杀手取伋的性命，就向伋通风报信，让他逃跑。伋却说，君让臣死，臣不得不死，依然选择听从卫宣公的安排外出。

寿先于伋到达目的地，想要替伋去死。伋随后赶到，对杀手说明身份，于是，杀手又把他也杀了。看到这里，很多人可能会觉得伋太傻。其实，仔细想来，他不是傻，他只是没有了生的欲望。

死，并不可怕。可怕的是，生不如死。从宣姜被卫宣公占有的那天起，伋的心就死了，他虽然活着，但每时每刻都是一种折磨。对于他来说，死反而是一种解脱。

伋死后，卫宣公也很快就一命呜呼，宣姜趁机将自己的儿子朔推上了王位。其他公子不服，卫国开启了内乱模式。

此时，齐国的国君是宣姜的弟弟齐襄公，他出兵平定了卫国的内乱，为了公子朔的王位，为了宣姜的安全，更为了维护齐国与卫国的邦交，齐襄公做主让宣姜改嫁卫宣公的儿子顽。

先后嫁给父子二人，引发卫国多年内乱，宣姜的结局却并不悲惨。或许是年龄相当，她和顽的婚姻还算和睦，先后生下了三男二女，除长子早逝外，另两子都做过卫国国君，两个女儿也分别嫁给了宋桓公和许穆公。

街头巷尾一直流传着她的故事，人们夸赞她的美貌，质疑她的德行。别人怎么嘲讽，怎么评说，她丝毫不在意，她的心早已碎在了新台，新台之后，她再也不是她了。

如果，当年的她如愿嫁给了伋，她的人生会是怎样的呢？历史的车轮沉默地轧过时光，没有人能说出准确的答案。

【佳句积累】

燕婉之求，籧篨不鲜。

今译：本想嫁个如意郎，他却丑得像蛤蟆。

鄘风·载驰　　此情不关风与月

载驰载驱，归唁卫侯。驱马悠悠，言至于漕。大夫跋涉，我心则忧。

既不我嘉，不能旋反。视尔不臧，我思不远。既不我嘉，不能旋济。视尔不臧，我思不閟。

陟彼阿丘，言采其蝱。女子善怀，亦各有行。许人尤之，众稚且狂。

我行其野，芃芃其麦。控于大邦，谁因谁极？大夫君子，无我有尤。百尔所思，不如我所之。

载（zài）：语助词。

唁（yàn）：向死者家属表示慰问，此处不仅是哀悼卫侯，还有凭吊宗国危亡之意。

閟（bì）：通“闭”，闭塞不通。

陟（zhì）：登。

言：语助词。

蝱（méng）：贝母草。采蝱治病，喻设法救国。

怀：怀恋。

行：指道理、准则，一说道路。

许人：许国的人们。

尤：责怪。

芃（péng）芃：草茂盛的样子。

控：往告，赴告。

因：可依靠。

极：至，指来援者的到达。

[明] 仇英《人物故事图册·明妃出塞》

她是一个传奇女子。

身份尊贵，貌美而有才情，能舞文弄墨，能唱歌跳舞，也能骑马射箭。这样的女子，本该配一个德才兼备的好儿郎，传一段爱情的佳话，可是，她却从未想过要嫁给爱情。

身为公主，她稍通人事后就明白，与他国联姻，为本国寻求一个强有力的盟友，是她不可推卸的责任。

对于婚姻，她有着不同于一般女子的见解。平民女子，甚至是官宦女子，都可以嫁给爱情，但是她不能。不需要有人逼她，她早已懂得，身为公主，为国联姻就是她的选择。

内乱不断的卫国，风雨飘摇。她冷静而睿智，早已看到了卫国的危机，也明白只有强大的齐国才能成为卫国的坚实后盾。

她看得清楚，许国弱小，齐国强大，而且齐国距离卫国较近，如果她嫁到齐国，当卫国有需要时，齐国能第一时间提供强有力的帮助。于是，当许国和齐国前来求亲的使臣到达后，她主张与齐国联姻。

当时的国君卫懿公并非明君，他看不到卫国的将来，只看到了许国的重礼。他决定将她嫁到许国，她不情愿，却也知君命难违。就这样，她去了许国，成为许穆公的夫人。从此，历史上就有了“许穆夫人”的称号，至于她的真名，无人提及。

嫁到许国后的日子，有太多的不如意。许穆公眼界狭隘，根本不是她心目中的良人。她守着一个毫不伟岸的男子，内心充满了孤独。远嫁的公主，所有的孤独与无奈，只能靠思乡来排遣。

她时常登高远望，思念着母国，回忆着在淇水之畔垂钓的快乐生活。此时，卫国即将迎来灭国的危机。

卫懿公痴迷于仙鹤，无心治理国家。他在宫中饲养着成群的鹤，还封了若干“鹤将军”“鹤娘娘”，外出时，那些鹤还像士大夫一样乘坐马车。昏庸无道，玩物丧志，这样的君王必定是不得民心的。

战报像雪花一样飞往王宫，卫懿公依然没有警觉。直到北狄的军队一路攻城略地，逼向卫国国都，卫懿公才开始着急。

他召来大臣，让他们献计献策，但是，都火烧眉毛了，还能有什么办法？大臣们早已对卫懿公失望透顶，不禁讽刺道：“请鹤将军去杀退敌兵吧！”

卫懿公情知自己有错在先，危机就在眼前，他也不敢再摆国君的谱，而是低头向大臣们认错，并亲手将仙鹤杀得干干净净，以此表明不再玩物丧志的决心。

之后，卫懿公亲自上阵，带领兵将杀敌。然而，每年耗费太多的钱财养鹤，军粮短缺，从不练兵，这样的卫国早已是穷途末路，再加上剽悍的北狄人战斗力爆棚，卫国兵败已成定局。

卫国的主力军被消灭，卫懿公也未能幸免于难。国不可一日无君，卫国只能拥立新君上位。但此时，北狄已经占领了卫国的大片土地，如果没有强大的外援，卫国灭国可能就在旦夕之间。

听闻战况之后，许穆夫人心急如焚。她去求许穆公出兵救援，但许穆公认为北狄强大，小小的许国根本不足以与之抗衡，救援卫国就是自寻死路。

如此自私胆怯的许穆公令许穆夫人失望透顶，她悲愤不已，自行坐上马车前往卫国。一路上快马加鞭，她终于到达漕邑。此时，许国的大臣们赶来阻止她回卫国，让她返回许国。

他们所罗列的理由，在许穆夫人看来就是一个笑话。许穆夫人对他们说："比起你们那些并不高明的意见，我的想法也未必行不通。你们不赞同我，让我无法渡河归故里。你们根本不明白，我的内心对母国所怀有的深情。"

她是那么地依恋她的母国，不管是许国还是许穆公，都没有给过她归属感。她的根，她的爱，只在卫国，她怎么可能眼睁睁地看着卫国消亡？

她置办了物资，支援卫国，并与卫国的君臣共商复国大计。卫国已无自救之力，许国指望不上，她就把目光投向了强大的齐国。

许穆夫人之母来自齐国宗室，因此，许穆夫人和齐桓公之间也算是亲戚。她主动充当使者，去齐国游说齐桓公。

齐国强大，北狄又是中原列国的共同威胁，齐国援卫，既能消除列国的共同敌人，又能一战成名，树立在列国中的威信。她的话有理有据，齐桓公内心是赞同的。

面对眼前这不卑不亢地向他陈词的美丽女子，齐桓公不禁回想起在卫国时和她的一面之缘。那时，她还是待嫁的少女，活泼可爱，在淇水畔垂钓的样子令他着迷。

他以为，卫国国君在联姻时，会像其他各国一样选择最强大的，却不料，那心胸狭隘的卫国君王却不顾国家兴亡，只图蝇头小利，将她嫁往齐国。他和她，就这样错过了彼此。

曾经她想嫁，他想娶，然而世事无常，当年错过的人，如今却以这种方式见面了。他和她，内心皆感慨不已。往事不可追，该放下的都已放下。他佩服她的胆识，同情她的遭遇，慷慨地答应出兵救卫。

齐桓公的儿子公子无亏率三千精兵去援助卫国，同时，许穆夫人游走于周边国家，说服了宋国出兵援卫。此时，许穆公觉得有齐国和宋国在，援卫的战争不再具备失败的风险，就随之也出兵援卫。

三国联手援卫，北狄的灭卫计划失败。两年后，卫国复国，重建都城，并渐渐繁荣起来，国祚又延续了400多年。而这一切，都离不开许穆夫人对故国的奉献。

卫国人民不会忘记，那位美貌与智慧并存的公主，是如何以一己之力鼓起卫国军民的士气，引来齐、宋、许三国的援兵。

历史的舞台上，留下了许穆夫人精彩的演出，却没有展示谢幕之后的情景。故国已复，在这场博弈中，聪明的许穆夫人又怎会不知，许国虽然最后也伸出了援手，但如果没有齐国与宋国的参与，许国怕是要袖手旁观到底了。

既如此，那个她本来就不爱的，危难之际又让她失望的许穆公，她该如何面对呢？爱，是不可能的。当作卫国的助力，他又是不合格的。可是，现实生活中，他们偏偏被绑在了一起。

捆绑不是夫妻，那么，不求心心相印，只求相敬如宾。

越剧《红楼梦》中有一段唱词："我一生与诗书做了闺中伴，与笔墨结成骨肉亲。"这多像许穆夫人的写照，嫁不了所爱之人，得不到知己的心，身边人不懂的心事，就只能诉与诗书笔墨。

《卫风·竹竿》和《鄘风·泉水》这两首诗里，都有她对卫国的思恋，人在许国，心在卫国，只因为许国从未给她归属感。她在诗作中毫不掩饰对卫国的思念与热爱，她希望自己随时能化为火焰，照亮归乡的路。至于婚姻，本来就是一场政治交易，谈何爱恋？

【佳句积累】

百尔所思，不如我所之。

今译：你们有再多的计策，也不如我亲自跑一趟。

唐风·绸缪　　始信人间有白头

绸缪束薪，三星在天。今夕何夕，见此良人？子兮子兮，如此良人何？

绸缪束刍，三星在隅。今夕何夕，见此邂逅？子兮子兮，如此邂逅何？

绸缪束楚，三星在户。今夕何夕，见此粲者？子兮子兮，如此粲者何？

绸（chóu）缪（móu）：缠绕，捆束。

束薪：喻夫妇同心，情意缠绵，后成为婚姻礼。

三星：即参星，主要由三颗星组成。

良人：丈夫，指新郎。

子兮：你呀。

刍（chú）：喂牲口的青草。

隅（yú）：指天的东南方。

邂（xiè）逅（hòu）：即解媾。原意为男女和合爱悦，这里指志趣相投的人。

楚：荆条。

户：单扇门。

粲（càn）者：美人，指新娘。

[明]仇英《人物故事图册·贵妃晓妆》

春天的某个晚上，一个普普通通的小村庄里，有一户人家的庭院里点着火把，月光和火光融合在一起，将小院笼罩在温情之中。

小院里洋溢着欢声笑语，有人在唱着喜庆的歌儿：

“一把柴火扎得紧，天上三星亮晶晶。今夜究竟是什么夜？见这好人真开心。要问你啊要问你，将这好人怎样亲？

“一捆青草扎得紧，东南三星在闪烁。今夜究竟是什么夜？遇这良辰真欢欣。要问你啊要问你，拿这良辰怎么过？

“一束荆条紧紧捆，天边三星照我门。今夜究竟是什么夜？见这美人真快活。要问你啊要问你，将这美人怎样疼？”

歌声起起落落，众人的笑闹声里，一对新人被送入洞房。人群渐渐散去，他关上了新房门，走向端坐着的新娘。

这是属于他们的夜晚，那红盖头下，是一张怎样的脸呢？掀盖头之前，他居然有点怯。他缓缓踱步，每一步都像是踩在心上，胸腔内扑通通直响。他暗笑自己，娶妻居然会如此紧张，紧张中又夹杂着无数的向往。

终于，他看到了红盖头下的那张脸，白皙润泽的脸上，有桃花的粉色附着在两颊之上，那如星辰般的双眸，含羞带怯地望他一眼，他的心就醉了。

这美丽的姑娘啊，今晚做了他的新娘。他内心欢乐无比，双手轻轻地抚摸着她的脸，不知道该如何疼惜她。

有情人终成眷属，内心的兴奋如海潮汹涌，最终归于一句话："你这么耀眼，我该怎么办才算不委屈你呢？"

爱一个人就是这样，怎么疼、怎么爱都觉得唐突，想把她捧在手心，含在嘴里，爱不够，疼不够。

这个幸福的新郎，面对美丽的新娘，不禁感叹道："你是这样美好的人，我该怎么做才好？"良辰美妇，烛火摇曳，红罗帐暖，自是一夜旖旎。

"绸缪束薪"，点明了婚事。《诗经》中的"薪"常关乎婚礼，古时候结婚是在傍晚，三星在天、在隅、在门，是用三星的移动来点明时间的推移。随着时间的推移，天色越来越暗，这时候就要用到"束薪、束刍、束楚"。

那时候照明依靠的是火把，婚礼上，人们点燃"束薪、束刍、束楚"，院内亮堂堂、红火火的，充满喜气。

《诗经原始》中说："《绸缪》，贺新婚也。"诗中表达的是一对新人在洞房夜的无限喜悦之情。也有人认为，这是民间闹洞房时唱的歌。

透过几千年的时光，看那时的婚礼，满村人聚满院落，大人唱着《绸缪》闹洞房，小孩捧着盘子吃喜果，欢笑声、嬉戏声，再加上燃得正旺的火把、满天明亮的星辰，浪漫至极，唯美至极。

那样的婚礼，是现代先进的设备无法炮制出来的。那样的纯粹，是生活在现代的我们无法复制的。

读这首诗，总会令人不由自主地想起电视剧《倾城之恋》中的一个桥段。

白流苏和范柳原的恋情几经波折之后，白流苏终于决定前往香港寻找范柳原。久别情更深，二人相聚后，范柳原说道："今夕何夕，见此良人？"

白流苏回道："子兮子兮，如此良人何也？"其实这个意思是，美呀美呀，这个女子真的有这么美吗？

范柳原接茬道："美呀美呀，拿这样一个美丽女子我该怎么办？"

你那么美好，我该如何去爱你呢？深爱一个人时，往往就是这样，喜悦中透着忐忑，唯恐自己做得不够好，配不上对方的美好。执子之手倍觉欢喜，愿用一生的呵护与陪伴，换取眼前人的不悔不怨。

越剧《盘妻索妻》中，相府公子梁玉书偶遇少女谢云霞，对她一见钟情。按捺不住心头涌动的爱慕之情，梁玉书悄悄尾随谢云霞，方知她是师兄刘仁元的义妹。

梁玉书委托刘仁元做媒人，求娶谢云霞。得知梁玉书的身份后，谢云霞才知道他父亲就是自己的杀父仇人。隔着血海深仇，岂能成为伴侣？谢云霞断然拒绝了梁玉书的求婚。

一直思念着谢云霞的梁玉书，并不知道这段隐情，屡次求婚无果之后，他被相思折磨得只剩一口气。在刘仁元的劝说下，谢云霞决定答应梁玉书的求婚，既能救他一命，又能接近梁父寻找复仇机会。

出嫁前，谢云霞和梁玉书约定，她要为父母守孝三年，这三年中二人不可同房。只要能日日看到心上人，这点要求算什么呢？梁玉书痛快地答应了。

虽然不能同房，新婚夜，梁玉书心中还是充满了无尽的喜悦。宾客散去，下人退去，温馨的洞房里只有他和她。静悄悄的洞房，暖融融的花烛，终于娶到家的至爱之人，这一切都让他难以抑制心头的兴奋之情。

曾经，他为她无心读书，茶饭不思，每日都是万种幽情无处诉。如今，她近在咫尺，虽然按照约定不能圆房，却也可当作知心好友，心有灵犀一点通。对于他来说，幸福其实很简单，只要她在，他就欢喜。

挑起红盖头，看着灯下比初见时更为美丽的新娘，他深情倾诉："见娘子比初见之时更俊秀，我与你一别三月似三秋，我魂牵梦绕苦思求，感谢娘子恩情重，今日里，花烛台前重聚首，从今后天长地久成夫妻。"

她那么美、那么好，娶到她，他怎能不心生欢喜？

后来，梁玉书考中状元，被玉亲王看中，想要招他做女婿，梁父为攀皇亲，逼他休妻。看透了父亲的狠毒和官场的黑暗，梁玉书果断地弃官回乡，与谢云霞相聚。因梁玉书继母想要加害谢云霞，夫妻二人干脆弃家出走了。

与一人携手，择一处终老，荣华富贵也只是过眼云烟，这世间，他只爱她。

【佳句积累】

今夕何夕，见此良人？

今译：今夜究竟是何夜？见这好人真欢欣。

第四辑　花开缓缓归

思念，是一种隐疾，无人可诉，唯有自渡。

周南·卷耳　　衣带渐宽终不悔

采采卷耳，不盈顷筐。嗟我怀人，置彼周行。

陟彼崔嵬，我马虺隤。我姑酌彼金罍，维以不永怀。

陟彼高冈，我马玄黄。我姑酌彼兕觥，维以不永伤。

陟彼砠矣，我马瘏矣。我仆痡矣，云何吁矣！

采采：茂盛。

卷耳：又名“苍耳”，石竹科一年生草本植物，嫩苗可食，籽可入药。

嗟：语助词，或谓叹息声。

置：放，搁置。

陟（zhì）：升；登。

崔嵬（wéi）：山高不平。

虺（huī）隤（tuí）：疲病的样子。

金罍（léi）：一种青铜酒器。

兕（sì）觥（gōng）：牛角制的酒杯。

砠（jū）：有土的石山，或谓山中险阻之地。

瘏（tú）：马疲病不能前行。

痡（pū）：人过劳不能走路。

吁（xū）：忧伤而叹。

[明] 沈周《东庄图册 · 振衣岗》

卷耳是个好东西，嫩苗可以食用，籽可以入药。如今，正是卷耳长得茂盛之时，一位穿着杏色衣裙的女子手提一个斜口的竹筐，出门采卷耳。

漫山遍野的卷耳长得生机勃勃，女子的心思却不在卷耳上，很长时间过去了，她还没有采满小筐。她想起那个离家的人，如果他在，她一定会很快就采满一筐。他不在，她哪里还有心思采卷耳。出门来，也不过是借采卷耳散散心。

她时不时地向他离去的方向眺望，回想起送别他时的场景，心里更是忧伤。她看向远方，远方空旷，她的情郎，还在更远方。

在一起时有多幸福，离别时就有多痛苦。

他走后，她茶饭不思，做什么事都提不起劲头。她的心，被潮水般的思念填得满满的。小筐孤单地躺在卷耳丛中，她伫立在那里，心里想的只有他。

同一时间，去往战场的路上，那去服兵役的男子正骑着马儿行进在山道中。马儿跑了很远的路，已经累病了，跑不起来了。男子的心，也如那马儿的身，累到了极点。他想起家中的妻子，不由得长长地叹息了一声。

马儿疲惫地卧在道旁，牵马的小厮也已精疲力尽。男子随意地坐在地上，拿起酒壶，倒了满满一杯酒。酒入愁肠，男子的心里更加思念远在家乡的妻子。不知道她在家乡还好吗，不知道她有没有去采卷耳，不知道她有没有想念他。男子的心杂乱无章，随便扯出一根线来，那一端绑着的都是思妻的情愫。

他从不知道，他是那么地不适应她不在身边的日子。可是，服役是自己的责任和义务，为了国家，他只能踏上征程。

他思念着她，她也在思念着他。相爱的人，总是会心有灵犀，连思念都是双向奔赴的。相思，是幸福的，也是忧愁的。她愁眉紧锁，担心他的安危，怀念他的陪伴。他“不耐相思酒消愁”，他太想念她，想念她的温言软语，想念她的缱绻深情。

战争让爱情受伤，相爱的两个人不得不分开，不知道哪一天才能再相聚。彼此思念，彼此挂牵，两情虽然长久，却也想要朝朝暮暮。

时光很软，相思很长，他们的爱情令人踏实而欢喜。山高水远，他们的爱还在。总有一天，她会等到爱人归来，他会奔赴等待的爱人，然后是岁月静好，现世安稳。

等，最圆满的结局就是等的人如愿，去的人归来。从此，“执子之手，与子偕老”。

相爱，让思念也变得苦中有甜。《周南·卷耳》的美，在于时空阻隔不了的相互牵挂，在于他和她，所有的思念都值得。

《周南·卷耳》讲的是一个充满忧愁与思念的故事，也是一个充满温暖与希望的故事。只因为，相思未被辜负。

世界上最可贵的爱情不是山盟海誓，而是你我相隔千里，心在咫尺。

《周南·卷耳》之后，涌现出大量的怀人诗。比如，忧国忧民的诗圣杜甫写了首《月夜》：

今夜鄜州月，闺中只独看。
遥怜小儿女，未解忆长安。
香雾云鬟湿，清辉玉臂寒。
何时倚虚幌，双照泪痕干。

当时，杜甫被安史叛军禁在长安，妻子和儿女都在家乡鄜州，一个月光皎洁的晚上，杜甫孤独地看着天上的月亮，想起了家乡的亲人。

他想象着妻子也在窗前看月亮，跟他一样心怀思念。儿女还小，不懂得她思念他的情怀。同一个月亮，不同的地方，他和她都在看月。其实，不是在看月，而是在思念。

他在忆鄜州，她在忆长安。雾气沾湿了妻子的乌发，清冷的月光让她光洁的手臂感受到了丝丝寒意，没有他在身边，她也少了许多的温暖。

什么时候，他才能回到她身边，和她一起倚窗赏月呢？到那时候，月光下的他们只有幸福，没有眼泪。

诗中，妻子赏月怀人的情景，是杜甫的设想。虽然诗中的相思情是真切感人的，但相比《周南·卷耳》，这种设想终究是少了一份心有灵犀的美感。

《月夜》和《周南·卷耳》的共同之处在于，他们的思念都可以付诸等待，等待时间给他们结果。在这个等待的过程中，思念是一份苦中有甜的温暖。

《周南·卷耳》中的女子是幸福的，她的爱与等待还充满着希望。诗中只有思念的镜头，我们无法知道这女子的爱人前路如何，也无法知道她什么时候才能等到爱人归来。人生漫漫，此刻她和他在相互思念，那份深情就此定格。

至于故事的结局，没有结局就是最好的结局。

【佳句积累】

我姑酌彼金罍，维以不永怀。

今译：我姑且斟杯美酒，喝到醉了免怀念。

[清] 萧云从《山水册页》

秦风·小戎　　唯求岁岁长相见

小戎俴收，五楘梁辀。游环胁驱，阴靷鋈续。文茵畅毂，

驾我骐馵。言念君子，温其如玉。在其板屋，乱我心曲。

四牡孔阜，六辔在手。骐骝是中，騧骊是骖。龙盾之合，

鋈以觼軜。言念君子，温其在邑。方何为期，胡然我念之？

俴驷孔群，厹矛鋈錞。蒙伐有苑，虎韔镂膺。交韔二弓，

竹闭绲縢。言念君子，载寝载兴。厌厌良人，秩秩德音。

俴（jiàn）：浅，薄。

桊（mù）：车辕上加固用的皮带。

梁辀（zhōu）：曲辕。

靷（yǐn）：引车前行的皮带，一端系在车轴上，一端系在马颈的皮带上。

鋈（wù）续：以白铜镀的环紧紧扣住皮带。鋈，白铜。

畅毂（gǔ）：长毂。毂，车轮中心的圆木，中有圆孔，用以插轴。

馵（zhù）：后左蹄白色的马。

辔（pèi）：缰绳。一车四马，内侧二马各一辔，外侧二马各二辔，共六辔。

骝（liú）：黑鬃黑尾的红马。

騧（guā）：黑嘴的黄马。

骊（lí）：黑马。

骖（cān）：车辕外侧二马。

觼（jué）：有舌的环。

軜（nà）：骖马内侧的缰绳。

俴（jiàn）驷（sì）：四马不披甲。

厹（qiú）矛：有三棱锋的矛。

錞（duì）：矛柄末的金属套。

虎韔（chàng）：虎皮弓套。

绲（gǔn）：绳子。

縢（téng）：缠束。

[唐]韩幹《牧马图》

这个故事发生在秦国。

秦人尚武，男儿从军参战，为国效劳，不知从哪天起就成了一种时尚。在秦人看来，从军的男儿都是值得敬佩的英雄汉。

东周初年，好战的西戎不断出兵骚扰边境，周天子命秦襄公率兵讨伐西戎。

秦襄公迅速制订了作战计划，集结军队准备出征。出征那天，将士们的家人都站在大道两侧，送别自己的亲人。

一些热心群众高呼着“驱除西戎，秦国必胜”的口号，为出征的秦军助威。

人群中，一个衣着普通的女子，正专注地望着那驾车的士兵。那士兵正是女子的丈夫，他五官端正，皮肤是健康的小麦色，此刻，他正用一双粗糙有力的大手紧紧地攥着缰绳。

告别的话早就说了一箩筐，如今，看到丈夫驾车的威武样子，她觉得很自豪。他是保家卫国的战士，也是她心中的英雄。

他专注地驾着兵车，而她则在心里默默地祝愿秦军早日凯旋，到那时，她一定要为丈夫准备美酒佳肴，好好庆祝一番。

战车很轻巧，车辕处缠着五根皮条，四匹高头大马驾着车，中间是青马和红马，两边是黄马和黑马。龙纹盾牌并一起，铜环辔绳串成行。这些，无不显示着秦国的超强战斗力，兵强马壮，武器精良，将士们整装待发，士气高涨。

军队出征的场面，深深地刻在她的心头，他驾着兵车意气风发的样子，给她留下的印象更是深刻。在无数个思念他的日子里，她都会用秦军出征那天的场景来抚慰自己。

在她心中，他是非常优秀的男人，在家时对她温柔体贴，呵护备至，是一个十足的“暖男”。他去出征杀敌，她是支持的，毕竟身为男儿，他自小习武，为的就是有朝一日报效国家。

她想象着，他驾着战车，讨伐西戎，勇往直前，敌军溃败，他就像一个英雄，顶着落日余晖归营。

在家里，他是温润如玉的谦谦君子。在边关，他是英姿飒爽的杀敌勇士。这样的他，是她的至爱，也是她的骄傲。

她在思念里回味着他举手投足间的意味，在自豪中等待着他胜利后回归家园。她的心也会被浓浓的思念搅乱，却从不悲凄，她相信，他很快就会归来。

等待，是漫长的，是孤独的，是痛苦的。但她坚信，等着等着，她就会等到他。到那时，所有的苦都会化成无限的甜。她知道，他从来不会让她失望。

电视剧《大秦赋》中有个情节，丞相吕不韦随秦王参观武器库，库中的每一根矛、每一张弓，都刻着制造者的名字。由此我们可以推断出，每一辆战车，以及战车上的每一个部件，都会有对应的负责人。

工匠担负起工匠的责任，百姓担负起百姓的责任，将士担负起将士的责任，帝王担负起帝王的责任，举国上下朝着共同的目标不断地努力，这样的国家雄霸天下也指日可待，打一场胜仗实在是再正常不过。

生活在这样的国家里，不管是百姓还是公卿，都会有一种深深的自豪感。这种自豪感会促使他们更加爱国，也会让他们相信，他们的军队是战无不胜的。

丈夫要出征，作为妻子，她自然明白人都是肉体凡胎，再强悍的军队也会有伤亡，危险在所难免。她会为丈夫担忧，但她不会阻止他，更不会哀伤抱怨，而是在依依不舍中，怀着一份骄傲送他离开。

他不在家时，她自然是思念的。无数个白天与黑夜，她也会反反复复地喟叹："方何为期？胡然我念之。""何时他才会归来呢？让我对他这么思念。"

思念难熬，那就多回忆一下他的好。心烦又忧伤的时候，回忆才是最有效的解药。

那远征的丈夫，会不会想起家乡的妻子呢？大抵是会的，一场大战之后，庆幸打了胜仗，庆幸自己还活得好好的，庆幸回乡之日越来越近。

但更多的时候，身为兵将，要随时准备跟敌军开战。他们想得最多的是杀敌的技巧，听得最多的是战地的鼓声。

冷风中，旗猎猎，鼓声声，将士们的身影坚毅，他们高唱着战歌《秦风·无衣》：

岂曰无衣？与子同袍。王于兴师，修我戈矛。与子同仇！

岂曰无衣？与子同泽。王于兴师，修我矛戟。与子偕作！

岂曰无衣？与子同裳。王于兴师，修我甲兵。与子偕行！

谁说没有衣裳穿？我们同穿战袍。君王发兵去交战，修整好甲胄与兵器，我们一起去杀敌。

慷慨激昂的歌声里，是将士们的豪迈乐观，是抗敌卫国的勇气。高昂的士气，乐观的精神，融合在歌声里，令秦军振奋，令敌军丧胆。

这场战争，从一开始就注定了结局。

毫无悬念，秦军凯旋。那思念丈夫的妻子，终于等到了丈夫归来。她站在家门口迎接他，眼中有光，心中有爱，那是她的英雄啊！

迎接丈夫归来的她，是幸福的，虽有分别日，终得团圆时。

有战争，必有分离。杜甫写的《新婚别》中，也有一个因战争而与丈夫分离的女子。只是，她的处境要比秦国这个女子糟糕得多。

兔丝附蓬麻，引蔓故不长。

嫁女与征夫，不如弃路旁。

结发为君妻，席不暖君床。

暮婚晨告别，无乃太匆忙。

君行虽不远，守边赴河阳。

妾身未分明，何以拜姑嫜。

父母养我时，日夜令我藏。

生女有所归，鸡狗亦得将。

君今往死地，沉痛迫中肠。

誓欲随君去，形势反苍黄。

勿为新婚念，努力事戎行。

妇人在军中，兵气恐不扬。

自嗟贫家女，久致罗襦裳。

罗襦不复施，对君洗红妆。

仰视百鸟飞，大小必双翔。

人事多错迕，与君永相望。

公元755年，安史之乱爆发。公元759年，邺城之战，六十万唐军对敌，因军心不稳，指挥不当，唐军死伤无数，损失惨重，终以溃败告终。

为了及时补充兵力，唐朝统治者进行了无情的拉夫政策，民间成年男子无一幸免。

诗中，这个年轻男子刚把新婚妻子娶进门，就要被拉去上战场了。他只是一个普通的农夫，从未练过武艺，更不懂作战技巧。如果被拉去战场，很可能就有去无回了。

他那新婚的妻子，泪水涟涟，紧拉着他的衣角，不舍得他离开。

封建社会，女子就像那菟丝子，只能依附他人生活。在家时，靠父母；出嫁后，靠夫君。

按照唐代的风俗习惯，新娘子出嫁后的第三天，才能上坟祭祖入宗祠，算是成婚。如今仅仅一夜，婚礼还没有完成，新娘子的身份也比较尴尬。

嫁夫从夫，她本想随丈夫从军去，但也知道，女子从军是会影响士气的。深明大义的她，不愿让丈夫为难，就对他说："人事多错迕，与君永相望。”

人间不如意的事本来就很多，你我虽从此两地分隔，但我会永远想着你念着你，一心一意等着你。

她本是穷人家的女儿，好不容易置办了一套丝织的嫁衣。穿上那柔软的红嫁衣，涂了薄薄的脂粉，做他美丽的新娘。她想的是，与他平平淡淡，一生一世。可是，如今，他却要被拉去战场。

战场，她只要想一想，就觉得心慌无比。最坏的结果，也是最可能出现的结果，她不愿想，不敢想。

她只是强颜欢笑，在他被拉走的那一刻，急切地向他表白：“我会永远等你！”

他走后，她日思夜想，度日如年。夕阳下，她望眼欲穿，却望不到归人，只能长长地叹息一声：“嫁女与征夫，不如弃路旁。”

嫁给征夫，也就错过了岁月静好。然而，他和她都只是人海中的一粒沙，又岂能掌控风的方向。

她只能等待，即使，她永远也等不到那个人归来。

【佳句积累】

言念君子，载寝载兴。厌厌良人，秩秩德音。

今译：思念夫君人品好，似醒似睡心焦躁。安静柔和好夫君，彬彬有礼声誉高。

[清] 金农《人物山水图册》

[明]唐寅《美人春思图》

卫风·伯兮　相思不似相逢好

伯兮朅兮，邦之桀兮。伯也执殳，为王前驱。

自伯之东，首如飞蓬。岂无膏沐？谁适为容？

其雨其雨，杲杲出日。愿言思伯，甘心首疾。

焉得谖草？言树之背。愿言思伯，使我心痗。

伯：兄弟姐妹中年长者称伯，此处指女子对丈夫的称呼。

朅（qiè）：威武高大。

桀：同“杰”，优秀、杰出的人。

殳（shū）：古代兵器，杖类。

膏沐：润发的油脂。

适：悦。

杲（gǎo）：明亮的样子。

谖（xuān）草：又名萱草，古人认为此草可使人忘忧，又叫忘忧草。

背：屋子北面。

痗（mèi）：忧思成病。

公元前的某一天，卫国的一处民居。

吱呀一声，房门被人从里面打开，一个女子缓缓地走出门来。她看上去还很年轻，朴素的棉布衣裙也遮掩不住她的美丽。

女子在院子里徘徊着，轻轻地叹息着，眉间是浓浓的哀愁。原来，她的丈夫是个勇敢的军人，为了保卫国家，长年拼杀在战场上。自从丈夫走后，她每时每刻都难以控制地思念着他，不知道哪天才能等到丈夫归来。

没有国哪有家？这样的道理，女子心里明白。也因此，当国家需要时，她毫无怨言地为丈夫收拾好了行囊，依依不舍地送丈夫离去。

在女子看来，丈夫是保家卫国的英雄，足以让她为他而骄傲。然而，丈夫去做英雄，就无法在家做她的良人，留给她的只有思念。她备受情感的折磨，却又无可奈何。

丈夫离开的时候，女子的心也随他去了遥远的边防。

女为悦己者容，丈夫不在身边，她哪里还有心思打扮自己。漂亮的新衣裙，被她收进箱底。胭脂水粉盒上，也早已积满了灰尘。原本柔顺亮泽的头发，像一丛荒草，被她用一根木簪随意地挽着。曾经姣美的脸庞，也不再光滑白皙，而是黯淡无光，显得无比憔悴。

他不在的日子，她的生活如一潭死水，荡不起一丝涟漪。

盼望下一场雨，可太阳却亮灿灿的。

她眺望着远方，如同以往的每一天那样，期待着能突然看到丈夫归来，可惜，她又一次失望了。

她唇边掠过一丝自嘲的笑，慢慢地转过身，一步步地走回空荡荡的房间。

房间里，新婚时的嫁妆还在，置办的各种生活用品摆放得满满的，到处都是丈夫和她一起生活过的痕迹。

想起丈夫，她的心里是甜的。她的丈夫长得英气逼人，心地也好。成亲那天，丈夫柔情无限地握住她的手，许她一生的岁月静好。可是，如今只留下她一人，靠回忆往日和畅想明天挨日子。

她也不清楚丈夫到底走了多久，只知道自己日思夜想，寝食难安。有时候，她会被噩梦惊醒，梦到丈夫在战场上遭遇不测，从此，她再无良人可等。泪湿枕畔之际，她再无睡意。

孤独、恐惧、忧虑、不安，这些情愫日日折磨着她，她的身体状况也越来越差。她常常想丈夫想到头痛，又忍着头痛继续想丈夫。

她想象着丈夫日晒雨淋的样子，想象着丈夫举刀杀敌的样子，想象着丈夫在军队休整的间隙凝眉思索……

据说有一种名叫忘忧草的植物，有了它，就可以让人忘记烦恼。

要找到忘忧草的念头，在脑海里迅速闪过，她淡淡地笑了笑，知道自己并不需要它。

她不相信，真的有哪种草，可以让人忘记忧思。即使真的有，她也不想尝试。

比起忘记，她更愿意保留这份忧思，不管思念如何煎熬，她都不舍得放弃。有人鲜活地出现在自己的思念里，总好过于一片空白。哪怕度日如年，她也愿意承受思念之苦。在这日复一日的思念之苦中，她竟然渐渐品味出了丝丝的甜意。

有诗句说："嫁女与征夫，不如弃路旁。"嫁给要从军的人，就要承受难以言表的痛苦与无穷无尽的忧虑。其中滋味，没有谁能够真正感同身受。

思念与忧愁日日折磨她，她的身体越发地瘦弱起来，她伤心，但她却并不抱怨。虽然丈夫的归期遥遥无期，但她依然愿意相信，总有一天，她会等到他。

彼时，无论看到尘埃还是星辰，她都会是欢喜的。因为，自始至终，她想要的也不过是与君携手，平安喜乐，无须荣光万丈，只需温暖一方。

丈夫远征，妻子在家备受思念的煎熬，在外的丈夫又何尝不想念家中的妻子呢？战争结束后，那经受过战场洗礼的丈夫，就能开心地踏上归途了。《豳风·东山》中，就有一个年轻的征夫，愉快地踏上了返乡的路：

我徂东山，慆慆不归。我来自东，零雨其濛。我东曰归，我心西悲。制彼裳衣，勿士行枚。蜎蜎者蠋，烝在桑野。敦彼独宿，亦在车下。

我徂东山，慆慆不归。我来自东，零雨其濛。果赢之实，亦施于宇。伊威在室，蟏蛸在户。町畽鹿场，熠燿宵行。不可畏也，伊可怀也。

我徂东山，慆慆不归。我来自东，零雨其濛。鹳鸣于垤，妇叹于室。洒扫穹窒，我征聿至。有敦瓜苦，烝在栗薪。自我不见，于今三年。

我徂东山，慆慆不归。我来自东，零雨其濛。仓庚于飞，熠燿其羽。之子于归，皇驳其马。亲结其缡，九十其仪。其新孔嘉，其旧如之何？

从出征的那天起，他的心中就埋藏着一份归家的愿望。终于可以回家了，细雨飘飞，那是他欣喜的眼泪。他的心早已经飞向西方，那是家乡的方向。

做一件家常的衣服吧，以后再也不用行军打仗了，只是这般想想就觉得内心充满了欢喜。踏上归途，他就像那生命力强大的野蚕般，行走在桑野中，露宿于车底下。

家乡应该还是老样子吧，栝楼藤上结了瓜，长长的藤蔓一直垂到屋檐下。屋内太潮湿，或许生了地虱，蜘蛛网当门挂。

晒谷场上遍布野鹿的足迹，在漆黑的夜里，萤火虫闪闪发光。战争让他的家园变成一片荒芜，但在他看来，这并不可怕，因为那是他的家，他想念了无数次的家。

算起来，他离家已经三年了。战争是残酷的，他在战场上提心吊胆，亲眼看着身边有人倒下，有人冲上去，敌人的刀剑闪闪发光，双方的厮杀极其惨烈。

很多次，他都以为要被对方的刀剑刺穿了，却又侥幸活了下来。每一场战役，都有很多人永远地留在了战场上。他不是不怕，但他又不能怕，他必须坚持下去，在战场上拼命地杀敌，努力地保全自己。

战争，终于结束了。他也终于可以返乡了。还是做农夫快活啊。和妻子男耕女织度流年，日子平安静好，想想都觉得开心。

他那新婚的妻子，还在家中苦苦地等待。当她看到他回来时，一定会非常开心地迎上前来吧。

他还清晰地记得，当年，黄莺飞来飞去，羽毛光亮美丽。他骑着迎亲的骏马到她家接她，他的新娘穿着美丽的嫁衣，随他回家。

经过了繁复的婚礼程序后，她成为他最亲近的人。婚后的日子是那么美好，她温柔贤淑，勤劳善良，是个难得的好妻子。都说久别胜新婚，这次重逢又会是怎样幸福的日子呢?

年轻的征夫，一路走一路想，掩不住笑意的脸上，写满了对未来的憧憬。

终于远离了战场，终于踏上了回家的路，对于年轻的征夫来说，还有太多幸福的时光等待他去品尝。这条路，没有苦，只有甜。

相思不似相逢好，这年轻的征夫是幸运的，终于等到了与所爱之人相逢的时刻。但愿那个苦苦思念着丈夫的卫国女子，也能如此幸运，尽快与丈夫相逢。

一天又一天，每天都是思念的一天。暮霭沉沉，雁阵渐远，但愿，等待的人能够如愿以偿，见得征人归。

【佳句积累】

愿言思伯，甘心首疾。

今译：一心想着我丈夫，想得头痛也心甘情愿。

［清］任伯年《群鸡紫绶图》

王风·君子于役　始觉相思比海深

君子于役，不知其期。曷至哉？鸡栖于埘，日之夕矣，

羊牛下来。君子于役，如之何勿思？

君子于役，不日不月。曷其有佸？鸡栖于桀，日之夕矣，

羊牛下括。君子于役，苟无饥渴！

于：往。

役：服役。

期：指服役的期限。

曷（hé）：何时。

至：归家。

埘（shí）：鸡舍，在墙壁上挖洞做成的鸡窝。

如之何勿思：如何不思。如之，犹说“对此”。

不日不月：没法用日月来计算时间。

有（yòu）佸（huó）：相会，来到。

桀：鸡栖的木桩。

括：相会，会集。

苟：且，或许。一说但愿。

傍晚的乡村，炊烟袅袅，成群的牛羊从山坡上下来，被赶进圈。夕阳映红了西边的天空，家里养的鸡也都进了窝，上了架，家家户户渐渐传出饭菜的香味。

多么美好的乡村生活画面。然而，即使是这样看似美好的乡村里，也隐藏着苦涩。

房间窗棂里透出晕黄的光亮，每一扇关闭的房门里，都有着不为外人所知的酸甜苦辣。在某户庭院里，一个女子正在关羊圈的门。

晚饭，对于女子来说只是凑合。家里米粮有限，再加上只有她一个人，实在是没有心情正儿八经地去做晚餐。一块中午时烙的饼，一碗凉开水，一碟山野菜，随便凑合一下就是一顿饭。

一个人吃糠咽菜是苦，两个人吃糠咽菜是甜。饼有些硬了，山野菜也太淡，女子吃了几口就停下了。思绪随着夜晚的来临渐渐飘远，飘向丈夫所在的方向。

和丈夫结婚后，有过短暂的快乐时光。那时候，他们一起采摘野菜，一起放羊，一起耕种，一起吃饭聊天，日子清苦而甜蜜。

她以为，日子可以一直这样平静而温馨地过下去。似水流年，有他相伴，就足够了。

然而，世事难料，边境起了战事，丈夫不得不去服兵役。他走后，起初还有零星的家信，后来就音信全无了。她知道，一定是战况紧急，那个人疲于征战，无暇再写家书了。

他的信来与不来，都不影响她对他的想念。婚后的短暂相处，就是她回忆里的糖，给她以力量，让她将这不知尽头的等待继续下去。

他什么时候回来，他现在在何处，他冷不冷，他饿不饿，她都不知道。日子一天天地滑过去，她每天都会在山坡的高处，焦虑地眺望远处的山道，希望能看到他，看到那个总是在梦中出现的影子，可是，她得到的只有失望。

远方太远，思念太长。她想要的不过是男耕女织度流年，可这在战事频发的时期竟然也成了奢望。

哪天才能等到他归来？哪天才能和他一起过上安宁的日子？她反反复复地问着类似的问题，却没有人可以给她答案。

等待，本就是一件煎熬的事情，更何况，这种等待是不知其期。没有确切的归期，每天都有希望，却又每天都在失望。她的叹息一次比一次悠长，到底哪天才能回来呢？

夜深了，静谧的乡村里，女子依然在想念去服役的丈夫。思念到最深处，不再纠结于他何时回来，而是“君子于役，苟无饥渴”，只希望他此时此刻不饥不渴，在外不要受太多的苦。

战争，打破了无数女子安定祥和的生活，却磨灭不了女子心中对丈夫的爱意，有那样朴素而真挚的感情，从某种角度来看，也算是一种幸福。

在古代，征夫思妇俨然已是一个群体。边境危急时刻，男子成为征夫，女子成为思妇，温馨平和的小日子转眼间就被打破。

唐代有一个名叫陈玉兰的女子，就是众多思妇中的一员。她并不是什么著名诗人，关于她，历史上几乎没有什么记载，生卒年、人生大事全是未知，只知道她是唐代诗人王驾的妻子。

但她所作的诗——《寄夫》却广为传颂，这很大程度上是因为这首诗应时而作，写出了众多思妇的心声。

夫戍边关妾在吴，西风吹妾妾忧夫。
一行书信千行泪，寒到君边衣到无？

本是恩爱小夫妻，却因为丈夫去服兵役而分离。一个在边关，一个在吴地，天涯海角，他和她谁也无法陪伴谁。

西风寒凉，她不觉得冷，只是一味地为丈夫担忧：他冷吗？他饿吗？他累吗？他苦吗？她不在身边，他生活得怎样？

她是那么地想念他，把所有的思念与关切都写进书信，纸短情长，字里行间全是她的相思与眼泪。冬天快到了，当寒流到达他身边时，她寄出的冬衣，他能否收到？

爱一个人的真实体现，不是风花雪月，而是柴米油盐。越是真挚深厚的爱，就越是质朴，带着浓浓的烟火味。这样的爱，不是缠绵的情歌情话，而是切切实实地关心对方饿时可有饭、冷时可有衣。

家乡的妻子思念着征夫，边关的征夫也同样思念着妻子。唐代诗人岑参曾在边塞写过一首送给妻子的诗。

题苜蓿峰寄家人

苜蓿峰边逢立春，胡芦河上泪沾巾。

闺中只是空相忆，不见沙场愁杀人。

边关与家乡之间隔着山，隔着水，山水迢迢，士兵想到故乡时，也难免会流下眼泪。春天是个美好的季节，只可惜他远离家乡，无法陪伴家中的妻子。

盔甲冰冷，武器锋利，战鼓如雷，两军交战，又怎会没有伤亡？

在边关杀敌的士兵，知晓家中妻子的思念，他只希望战争快点结束，让他可以尽快回到家乡，陪伴家乡的妻儿老小。

平安无战事，才是百姓之福。如果可以选择，没有人愿意选择战争。但世事常常无法选择。

妻子在家中纵然有再多的思念，也决定不了他的归期，只能在思念之余，努力地收拢眼底心头的万千别愁离恨。而他，在边疆的每一个日夜，在沙场的每一次争锋，无不浸透着对她的思念。

边境艰苦，千里万里，她在思念，他也在思念。她尚可以待在家里，他却有家归不得，只能日日祈祷战争尽快结束，让他可以脱离这恼人的战场。

一个女子，日复一日地等待，时光不语，春秋几度，她不知何时才能等到丈夫从沙场归来。

古来征战几人回？战争中往往有大量伤亡，这样的结果，她心中也是明白的，却从不愿细想，也不敢细想。她只愿意相信，她在等，他会归。

她在家乡，苦的是心。他在边境，身心皆苦。看着身边的战友一个个受伤甚至牺牲，他的内心是崩溃的。夜深人静之际，想起家乡温柔体贴的妻子，想起曾经的田园生活，他的内心是煎熬的。

谁也说不准，战争会结束于哪一天。他只能在战场上拼命杀敌，期待着战争早点结束，但愿那时他还可以活着，可以回到家乡，和妻子一起感受平安喜乐的生活。

每一天都是新的一天，每一天都是新的思念，思念的两端从未改变，一端是家乡，一端是边关。

【佳句积累】

君子于役，苟无饥渴！

今译：丈夫服役在远方，但愿不会饿肚肠！

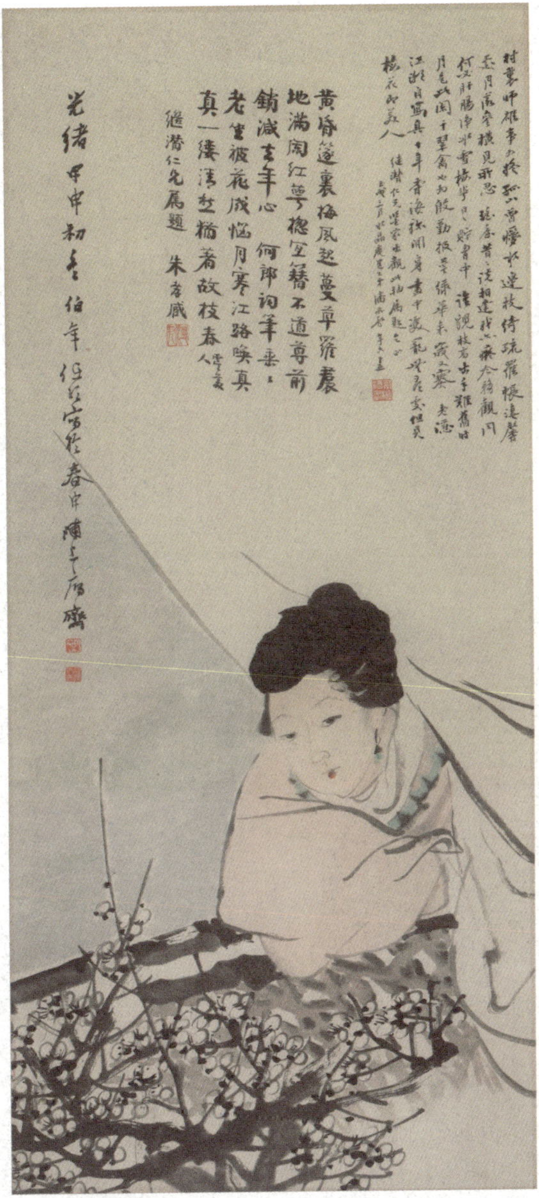

［清］任伯年《梅花仕女图》

[清] 冷枚《春闺倦读图》

邶风·绿衣　当时只道是寻常

绿兮衣兮，绿衣黄里。心之忧矣，曷维其已。

绿兮衣兮，绿衣黄裳。心之忧矣，曷维其亡。

绿兮丝兮，女所治兮。我思古人，俾无訧兮。

絺兮绤兮，凄其以风。我思古人，实获我心。

里：衣服的衬里。

曷（hé）：何，怎么。

已：停止。

裳（cháng）：下衣，形如现在的裙子。

亡：通“忘”，忘记。

女（rǔ）：同“汝”，你。

治：纺织。

古人：通“故”，故人，这里指亡故的妻子。

俾（bǐ）：使。

訧（yóu）：同“尤”，过失，罪过。

絺（chī）：细葛布。

绤（xì）：粗葛布。

他曾经是一个幸福的男人，在青春年少的时光里，遇到了最爱的人，并因爱成婚，一切都美好得像个梦。

婚姻对他而言，就是爱情的归宿。他庆幸，遇到的是她。他庆幸，他的婚姻里有爱情。那时，他是多么欢喜地拉着她的手，发下一生一世一双人的誓言。

三餐四季，他们携手度过。因为她，他爱上了这似水流年。季节更替之际，她会为他缝制新衣，一针一线里都浸满了爱。

他以为，他们的日子会一直这样，一路携手到白头。

他怎么也想不到，她居然走得那么早。她还年轻，他还没实现与她共白头的愿望，她就放开了他的手，独自离去。从此，阴阳相隔，他无力追回她。

她走后，他的世界里只剩下了回忆。睁开眼，想的是她；闭上眼，想的还是她。他就这样不停地思念着她，忘记了季节的更替，直到夏裳挡不住秋风的寒凉，他才顿悟应该换秋装了。

打开衣柜，翻找了一番，那件绿衣就这样出现在他的眼前。那是她为他缝制的夹衣，他翻来覆去地看着，绿衣黄里，细密的针脚，曾在他心里种下了无尽的温暖，如今恰好勾起了他伤心的回忆。

秋风薄凉，不懂他的忧伤。他手捧绿衣，想起在某个初秋，她拿出那件温暖的绿衣，披在他的身上，还嗔怪他天凉了都不知道换件保暖点的衣服。

她是那么温柔体贴的妻子，亲手织出或粗或细的麻布，为他缝制舒适的衣服。天凉时，她会提醒他加衣。当他在生活中犯浑时，她会提醒他避免过失。

她是那么优秀的女子，没有了她，他的内心忧伤无比。天气渐凉，再也没有人及时为他加衣。冷风钻入衣襟，更加重了他的忧伤。

他拿着那件绿衣，轻轻地抚摸着，回想起妻子做这件衣服时专注的样子，他的心里更加忧伤。那么贤惠的妻子，他已经失去了，再也找不回来，叫他怎能不伤悲？

一世的情，满眼的泪，无尽的思念，再也等不到她的回眸。物是人非，睹物思人，试图重温往昔的温暖，内心却只有忧伤。

曾经有多快乐，现在就有多忧伤。绿衣还在，足以温暖他的身体，而她已不在，没有人再来温暖他的心。

余生漫长，他的身边再也没有她的陪伴。这种痛苦，用苏轼的话来说就是“十年生死两茫茫，不思量，自难忘。千里孤坟，无处话凄凉”。

苏轼的妻子王弗，是他生命中最重要的女人，他们有浪漫的爱情、幸福的婚姻，唯独没有白首到老的缘分。

那年，王弗的父亲请来许多文人为书院的池塘题名，各种各样的池塘名里，他只满意一个，那就是苏轼题的名字——唤鱼池。

几乎与此同时，王弗也从家里送去信笺，上面写的也是池塘的名字，巧的是她题的名和苏轼的一模一样。

什么叫心有灵犀？或许这就是吧。连题名都能不约而同地取了同一个名字，其他事情上大概也多是心意相通的吧。心心相印，即是如此。

王弗的父亲欣赏苏轼的才华，便撮合了女儿和他的婚事，就这样，年方十六的王弗与苏轼结下了姻缘。

婚后的日子，两人十分恩爱。苏轼读书时，王弗就陪伴在身边。当苏轼偶有遗忘时，王弗就在旁提醒。

为人处世方面，王弗也给予性格耿直的苏轼诸多帮助。苏轼会客时，王弗会安静地坐在屏风后面听他们谈话，客人走了之后，王弗就帮苏轼分析辨别那些人的特点，谁值得交往，谁应当防备，一一道来，令苏轼醍醐灌顶。

是夫妻，也是知己，这样的婚姻实在是太幸福了。或许连老天都嫉妒这完美的婚姻，王弗在二十七岁那年病逝。

爱妻突然撒手而去，苏轼受到沉重打击，他在王弗的墓志铭中写道："呜呼哀哉！余永无所依怙。"（"真是令人悲哀啊，失去了你，我就失去了永远的依靠。"）

妻子对他的关心与体贴、信任与抚慰，早已浸透在相濡以沫的生活里，让他难以舍弃。失去了她，他就失去了生活的伴侣、精神的支撑，这让他怎能不倍感凄凉。

斯人已去，再见只能在梦中。“夜来幽梦忽还乡。小轩窗，正梳妆。相顾无言，惟有泪千行。料得年年肠断处，明月夜，短松冈。”梦回往日，还是那旧时轩窗，还是那俏丽佳人，相对无语泪双流。

孤坟内外遥相望，隔着的是梦境，是时光，是生死，他们之间没有引渡人，只能任由他年年思断肠。

思念亡妻的又何止一两人，清代才子纳兰性德和发妻卢氏结婚之后，度过了三年的甜蜜时光，卢氏因难产离世后，纳兰性德备受打击，他在《浣溪沙》中展示了内心的痛楚。

> 谁念西风独自凉？萧萧黄叶闭疏窗，沉思往事立残阳。
>
> 被酒莫惊春睡重，赌书消得泼茶香。当时只道是寻常。

秋风凉，却再也没有她在身旁催促加衣。内心孤独的词人，伫立在夕阳下，看那窗前片片黄叶飞。秋风卷落叶，让人的内心无端地生出更多凄凉之感。他索性关上窗户，将那黄叶挡在窗外，将那秋风挡在窗外，也将那红尘挡在窗外。

他把自己与外界的一切隔绝开，多么孤独啊，那就以酒浇愁吧，酒后昏昏入睡，倒也能躲掉些烦忧。

只可惜，思念无孔不入，无论是梦是醒，都无法忘记。犹记得那年春天，他喝酒喝多了，入睡后，妻子不管是说话还是做事，都小心翼翼的，生怕吵醒了他。

空闲时间，他们以茶赌书，彼此说出某个故事出现在某书的某页某行，说对了就举杯饮茶为乐，以至于开心之余，不小心将茶水洒到了地上，于是，满屋子的书香中又浸润了茶香。

那时的生活是多么快乐啊！然而，这样充满乐趣的日子，随着她的离开，再也无法重现。

那些看似平常的生活片段里，有着浓浓的烟火味，是这红尘之中的温暖所在。曾经，他以为，那样的生活会永远陪伴着他，却不料，世事无常，当时只道是寻常的生活，如今却只能追忆，再难触及。

《邶风·绿衣》中那手捧绿衣的男子，还在寒凉的秋风里回想着妻子缝衣的剪影。曾经，他也以为，在一起就是永远。他享受着妻子的照顾，觉得妻子所做的都是寻常事，直到失去之后才明白，那些寻常日子是多么的宝贵。

看到妻子亲手缝制的绿衣，心中实在是忧伤，这悲痛的心情哪一天才能平复呢？对妻子的思念哪一天才能消散呢？也许遥遥无期。

相思是一个难解的局，对方活着，那就总有相见的时刻。最怕的是，思念的人已经不在人世，思念也就永远到达不了彼岸，只能成为一种折磨。

【佳句积累】

我思古人，实获我心。

今译：思念我那亡故的贤妻，事事都合我心意。

[明]沈周《东庄图册·北港》

邶风·击鼓　古来征战几人回

击鼓其镗，踊跃用兵。土国城漕，我独南行。

从孙子仲，平陈与宋。不我以归，忧心有忡。

爰居爰处，爰丧其马。于以求之，于林之下。

死生契阔，与子成说。执子之手，与子偕老。

于嗟阔兮，不我活兮。于嗟洵兮，不我信兮。

镗（tāng）：鼓声。

踊跃：双声联绵词，犹言鼓舞。

兵：武器，刀枪之类。

土国：为国家兴土功。

孙子仲：即公孙文仲，字子仲，邶国将领。

平陈与宋：调和陈、宋两国的关系。陈、宋都是诸侯国名。

不我以归：即不以我归，有家不让回。

忡：内心不安的样子。

爰（yuán）：发声词，犹言“于是”。

契阔：契合疏阔。

成说：立下誓约。

于嗟：即“吁嗟”，犹言今之“哎哟”。

活：借为“佸”，相会。

洵：遥远，久远。

［清］郭朝祚《征西图》（局部）

鼓声镗镗，马鸣嘶嘶，战火纷飞中，有的士兵倒下了，有的士兵还在拼杀。

他，正是那无数士兵中的一个。他原本是一个普普通通的乡村汉子，既没有建功立业的雄心壮志，也没有飞黄腾达的梦想，唯一的愿望就是能够和妻子平安喜乐，一直到老。

一切都来得那么突然，前一天他还跟妻子说，要永远陪伴着她，爱她护她一生一世。后一天，他就被派遣到战地。

其实，仔细想来，也并不突然。当时战乱频繁，各诸侯国之间不断地发生战争，周天子也已经无力控制这种乱象。国君都成了野心勃勃的好战分子，遭殃的自然就是百姓了。

要打仗，就得征兵。那普通的乡村汉子，就这样在征兵中被送往战场。而他的一些同乡，则留下来修筑城墙，为城池的防御尽一份力。

他其实很羡慕那些留下修筑城墙的，虽然干活很累，但最起码他们没有远离家乡，还可以时不时地和家人见上一面，而且不必经历战场上的九死一生。

身为士兵，羡慕归羡慕，他知道他没有选择，只能服从命令，跟着大将孙子仲前往战场。平定陈国与宋国的战争异常残酷，每天都有很多士兵受伤或死去，看到战友凄惨的样子，他的内心也充满了哀伤。

刀枪无眼，身边太多的人倒下，而他每一次也是拼尽了全力，才避免了被敌军所杀。每一次交战结束后，他都会在庆幸自己还活着的同时，担忧下一次还有没有这般幸运。

这场战争，注定不会那么快就结束。军营里只有纪律。他没有请假的权利，也没有还乡的权利。他只能硬扛，扛到战争结束，他才能回家。在这之前，若是违纪回家，那就是典型的逃兵，只有死路一条。

有时候，他会在内心暗自感叹，只因为国君要扬威，他们这些升斗小民就得冒着生命危险上战场。这样的战争，有什么意义呢？

每一个倒下的战友背后，都是一个破碎的家庭。“战城南，死郭北。野死不葬乌可食。”那些死去的战友，连具尸体也留不下来。

一场又一场激烈的战斗之后，无数伤兵在痛苦地呻吟，无数士兵永远倒下，可是，战争依然在继续，士兵们连喘息的机会都没有，这种无休无止的战争令人绝望不已。

拼杀中，士兵们被冲散，战马也不知跑到哪儿去了，受伤的士兵拖着疲惫的身体，在战场附近寻找战马，最终在树林深处找到了那惊慌的战马。马腿上被敌兵砍了一刀，还在不停地往外流血，人与马同样的遍布伤痕，同样的毫无气力。

战马跪卧于树下，士兵也倒在战马旁边，睁着一双忧伤的眼睛，呆呆地望着灰蒙蒙的天空。他想起了他的家，那是一个普通的村庄，那里有一个普通的庭院，是属于他和她的。

她相貌平平，却温柔体贴，给了他无尽的幸福。春天，他们一起采摘野菜。夏天，他们一起在树下乘凉聊天。秋天，他们一起上山摘果子。冬天，她给他做厚厚的棉衣，为他生起火炉，煮最香的粥。

她手里总爱拿着一件衣服缝补，而他有时编竹筐，有时修理农具。一边干活一边聊天，平淡的日子中充溢着快乐。

一年四季，一日三餐，一个家庭一双人，那些本属于他的幸福，如今却成了奢望。

“死生契阔，与子成说。执子之手，与子偕老。”他曾经对她说过，生生死死、聚聚散散，他都要一直陪着她，与她一起老去。那是他向她许下的诺言，如今却不敢确定他能否做到。

战争进行得太久，他如今距离她太遥远了。他的誓言，不知道还能不能履行。或许，他会让她失望吧。

“于嗟阔兮，不我活兮。于嗟洵兮，不我信兮。”他悲伤地说出这两句话，两行清泪顺着眼角流下。马儿悲鸣，士兵呜咽，这场面着实令人心伤。

这个思念家乡的士兵，还在经受着战争的折磨。或许他能成为最终的幸运儿之一，得以平安返乡；或许他不幸遇难，如所有在战场上被敌人杀死的战友般尸骨无存。生与死，皆有可能。

战争的长短，难以预测。士兵的结局，难以预测。或许，战场就是他的一生。

唐代诗人戴叔伦的《调笑令·边草》中，也充满了战争带来的悲怆：

边草，边草，边草尽来兵老。

山南山北雪晴，千里万里月明。

明月，明月，胡笳一声愁绝。

守在荒凉的边塞，士兵的心中无时无刻不在思念家乡。边塞的白草从生长到枯萎，一年又一年，不断地轮回。守边的士兵年年盼归，却年年不得归。

野草枯尽时，兵士亦老。青春埋葬在边塞，老去的士兵依然未能踏上归程。天上明月皎洁，耳畔胡笳呜咽，家乡，成了再也回不去的地方。

有多少丈夫在边塞望月兴叹，有多少妻子在家乡登高远眺，实在是难以计数。春秋无义战打破了无数家庭的团圆，踏碎了无数夫妻的相思，乱世之中，生活终究是难得圆满。

杜甫在《春望》中写道："烽火连三月，家书抵万金。"当连绵的战火已经延续很久很久时，一封家书极为难得，其价值可抵黄金万两。

《击鼓》就是那价值万两黄金的家书，只是难以送到家乡。

"田园将芜胡不归？"那士兵的贤惠妻子，还在家乡苦苦地等，切切地盼。虽然无法确定等待的结果如何，但终究还是有希望的。而那些已经牺牲在战场上的士兵，却再也回不去了，他们的妻子再也等不到良人归来。

古来外出打仗的人，能有几个返回家乡呢？他之所念，她之所爱，皆隔山海，山海不可平。

但愿，他能够等到战争结束，得以返乡，去兑现他与她“死生契阔，与子成说。执子之手，与子偕老”的誓言。但愿，在家乡苦苦等待的她，等到的不是一堆白骨。

【佳句积累】

死生契阔，与子成说。执子之手，与子偕老。

今译：生死聚散，我曾经对你说过。牵着你的手，和你一起老去。

［元］赵孟頫《汤王征尹图》

［清］黄钺《寿世征祥册·木林人寿》

唐风·葛生　　却恨黄泉音信杳

葛生蒙楚，蔹蔓于野。予美亡此，谁与独处。

葛生蒙棘，蔹蔓于域。予美亡此，谁与独息。

角枕粲兮，锦衾烂兮。予美亡此，谁与独旦。

夏之日，冬之夜。百岁之后，归于其居。

冬之夜，夏之日。百岁之后，归于其室。

蔹（liǎn）：多年生攀缘性草本植物。

予美：我的爱人。

域：墓地。

角枕：以兽角为饰的枕头。

锦衾：锦缎被褥。

旦：天亮。

夏之日，冬之夜：夏之日长，冬之夜长，皆言时间长。

其居：亡夫的墓穴。下文“其室”义同。

郊外，一个脸上遍布泪痕的年轻女子跪坐在一抔黄土面前，喃喃自语。黄土之上，长满了葛藤与灌木，漫山遍野的白草一直蔓延到女子膝下。黄土之下，是女子的丈夫，她最爱的那个人。

当初，她也曾任由他拉着手，听他许下一生相守的诺言。一起生活的日子里，他也确实尽到了一个丈夫应尽的责任，对她和颜悦色、体贴入微。

如果时光一直那样慢慢地流过，她必定是一个幸福的女人。可惜，战乱来了。频繁的战争，打破了无数个家庭的团聚，她的丈夫也在出征的队伍中。

临走时，他说："你要等我回来，我一定会回来。"他从不对她说谎，所以，他的话，她相信。

她等啊等，等来的却是丈夫的尸体。与丈夫同上战场的一个同乡告诉她，战争远比他们想象的残酷，每次交战，都死伤无数，有很多人连尸体都找不到。

她抱着他的尸体痛哭了一场，他没骗她，他确实回来了，只是变成了一具尸体。伤心之余，她开始操持他的葬礼。

“角枕粲兮，锦衾烂兮。”角枕、锦衾（都是收殓死者的用具）看上去光鲜亮丽，她只愿，他长眠于地下时，也能睡得舒服些。

她跪坐在坟前，哭一会儿，说一会儿，悲伤的眼泪与痛苦的诉说，他看不到也听不到。他是她最亲密的爱人，如今却长眠于此，独自安息。

他在黄泉是孤独的，她在人间又何尝不孤独。没有他的日子里，冬夜漫漫，罗衾不耐五更寒。夏日长长，无人把扇共言欢。每一天都是煎熬，每一刻都是折磨。

她只能频繁地来到他的墓前，向他倾诉她的思念与悲哀。她对他说，百年之后，她必定要到黄泉之下，陪他长眠。

冬之夜，夏之日，她仍在煎熬，只等百岁之后，与他在墓里相聚。到那时，无论是他还是她，都再也不孤单。

夫妻是人生路上的伴侣，在携手同行的日子里，他们已经习惯了对方的存在。当一个人突然中途离去时，另一个人往往会很难接受，那种骤然失去的痛苦无以言表，严重时足以摧毁一个人活下去的信念。

清朝诗人费墨娟，出自书香世家，是个典型的内外兼修的名门淑女。那时，她的生活是“年年但愿花容艳，夜夜常陪月色妍”的闲适。

后来，她嫁给富甲一方的张家公子张坤轩，张家亦是书香门第，这桩门当户对的婚姻，令夫妻俩琴瑟和谐，感情一日比一日深。

身为大户人家的主妇，费墨娟要侍候公婆，相夫教子，操持家事，忙得一塌糊涂。虽然劳碌，她却依然乐此不疲。为人和善，处事圆通，这样的她为自己赢得了无数赞誉。

如果日子就这样过下去，嫁与如意郎，相爱深似海，一家人简简单单、和和美美，她的一生也算是幸福圆满。

然而，生活常常不能如人愿。人到中年的张坤轩，到底是没能陪她到老。他舍她而去，她的心也死了，也想追随他而去，只是，家人还需要她照顾，儿女还需要她疼爱，她岂能一走了之。

没有他的日子，对于她，无疑是一种折磨。眼前，到处都是他的身影；身边，到处都是他的气息。

她思念着已逝的丈夫，回忆太痛苦，却又如潮水般挡不住。她常常陷入回忆中，吟诵这样的诗句："百岁因缘一旦休，返魂无术恨悠悠。不堪回首当年话：尔我相偕到白头。"

说好要一起到白头的，共度一生的缘分却在朝夕之间停止。没有办法让那逝去的人重生，只有恨与怨充满心头。伤心之中，她不敢回忆当年的誓言，那时他说"你我携手共白头，一生一世一双人"，如今，他却食言了。

生死相隔，多少辛酸，多少迷惘，无处可诉。过度的忧伤，使她身心俱疲，心灰意冷。他在时，她是幸福的主妇，累并快乐着；他去后，她是不幸的主妇，无力将岁月煮成醇酒，只能任凭浓烈的思念折磨自己，除了痛还是痛。

精神垮了，身体也垮了，她再没有了青年时期的意气风发，只有失去丈夫的恨与怨。

"寸心记得临终语，嘱我殷勤抚幼儿"是她活下去的全部理由。他临终时，叮嘱她好好抚养幼小的儿子，她答应了，就不会失信。即使，她活得实在艰难。

“冥路可怜今已隔，痴心犹日盼君归”是她难以接受的现实与无法忽略的痴心。明明知道与他已是阴阳两隔，却还是盼望着见到他。她多么希望他只是出了趟远门，还会在她的思念里归来。

“妆台惨淡久生尘，两鬓蓬松泪满巾。”没有了他，她也就没有了努力生活的动力。她不想梳妆，不想打扮，每日蓬着发，只是一个劲儿地流着思念的泪水。她像一朵脱离了土壤的鲜花，渐渐枯萎。

“物是人非可奈何，思君终日泪成河。”思念，几乎填满了她的生活，每一天，她都在思念，都在为思念流眼泪。

“伤心记得当年事，月夕花晨共倚栏。”当生活只剩下了回忆与思念时，她再也无力走下去。

一连写下十五首《悼亡夫》诗，每一首里都是她的思念与眼泪，字字句句，含着血，带着泪。这些悼亡诗，无法拯救她于相思海，反而将她推入更深处，令她窒息。

对于她而言，没有了他，每一天都如一年般漫长，回忆往事尽是凄凉，袖角襟前尽是泪痕，这样的生活哪还有快乐可言。

丈夫去世后，她就成了那生不逢时的薄命人，历尽千辛万苦，对这人世也越来越失望，人世间再没有什么可以留恋的了，她只想早早地归去，到黄泉之下去陪伴丈夫。

她的思念是寂寞的、孤独的、绝望的，日日相思，相思终成疾，耗尽了她的生机。丈夫离世十年后，她也在人事和病魔的共同折磨下，离开了这世间。从此，这世间的爱与怨，都与她无关了。

她对他的爱与思念，成了伤她的利箭，正中心房，回天乏术。

“一曲离鸾泪暗弹，何堪今日影成单？”这是所有失去伴侣者的隐痛，旁人并不能感同身受。

【佳句积累】

百岁之后，归于其室。

今译：终有一天，我也会随你而去，与你在墓里相聚。

［明］陈洪绶《麻姑献寿图》

小雅·杕杜　日日思君不见君

有杕之杜，有睆其实。王事靡盬，继嗣我日。日月阳止，女心伤止，征夫遑止。

有杕之杜，其叶萋萋。王事靡盬，我心伤悲。卉木萋止，女心悲止，征夫归止。

陟彼北山，言采其杞。王事靡盬，忧我父母。檀车幝幝，四牡痯痯，征夫不远。

匪载匪来，忧心孔疚。期逝不至，而多为恤。卜筮偕止，会言近止，征夫迩止。

杕（dì）：树木挺立的样子。

杜：棠梨，一种木本植物。

有：句首语助词，无义。

睆（huǎn）：果实浑圆的样子。

靡：没有。

盬（gǔ）：停止。

嗣：延长，延续。

阳：农历十月，十月又名阳月。

止：句尾语气词。

遑：闲暇。一说忙。

萋萋：草木茂盛貌。

陟（zhì）：登山。

忧：此为使动用法，使父母忧。一说忧父母无人供养。

檀车：役车，一般是用檀木做的。一说是车轮用檀木做的。

幝(chǎn）幝：破败貌。

痯（guǎn）痯：疲劳貌。

孔疚：非常痛苦。

期：预先约定的时间。

恤：忧虑。

卜：以龟甲占吉凶。

筮（shì）：以蓍草算卦。

会言：合言，都说。

迩（ěr）：近。

[清] 佚名《仕女册》

对于寻常百姓而言，他们想要的不过是柴米油盐的安稳日子。然而，当国家不能安定时，百姓自然难以安定。

无数个男子奔赴战场，无数个女子留守家园。温馨甜蜜的家庭生活，随着男子的出征，变得寡淡起来。

在某个村庄外，有一条通往远方的大路。大路边有一棵孤单的棠梨树，树下站着的是一个孤单的少妇。一棵树，静默地站着；一个少妇，忧伤地望着。一树一人，背景莫名地染上了几分苍凉。

那少妇随意套了一件麻布裙，头发也只随意挽了一个发髻，发髻上是一根朴实的木簪。风拂过少妇苍白的脸，她踮足远望，却望不到她的良人。棠梨树上结满了果实，她无心采摘，也无心欣赏。她的心事，她的忧愁，要比那树上的棠梨多得多。

自从她的丈夫去服役之后，她就开始了思念与等待的日子。国家的战事无休无止，丈夫服役的日子也不断地延长。眨眼间，又是一年十月底，她的内心充满了悲伤，只盼望丈夫能早日还乡。

一年又一年，时光似水流过，她的思念日夜增长，内心备受折磨。在家，她无法遏止对他的思念，家里的每一件物什、每一个角落，都有他的影子。出了家门，田野里草木葱茏，她的思念又如那草木般疯长，内心充满了忧伤。

她登上山坡，站到高处，远远地看着大路，期待着能有惊喜出现。可是，一天又一天，除了失望还是失望。

他走时，曾经说过，最多一年，这场战争就会结束，他也会及时返乡。然而，归期早已过去很久了，他还是没回来。这么久了，战车应该已经破败不堪了吧，拉车的战马应该很疲惫了吧，出征的人也应该尽快回来啊。

行也思君，坐也思君。她内心焦虑，望眼欲穿，却总是看不到丈夫归来的影子。无奈之中，她甚至借助求卜问筮来推算他会不会返乡。

求卜问筮的结果显示，他很快就会回乡。这样的结果，她愿意相信是真的。她失望而忧伤的心灵，因为这个结果而得到安慰，让她可以有足够的力量继续等待。

有时候，有人可想，有人可等，也是幸福，最起码，心中还有一份希望。对于出征在外的人而言，没有消息，或许就是最好的消息。只要他能够平安归来，再等等又何妨呢。

村头的早晨，树下的黄昏，她一直在等，等待战事停止，等待征夫归来。那个年代，有无数个这样的少妇，在期盼丈夫归来。也有无数个少妇的丈夫，被连绵的战事裹挟着，无法返乡。

战争，令人悲伤，令人疲惫，却又只能面对它。身边，总有人倒下，死在劳累中、疾病中、刀剑下。死亡，随时会偷袭成功，谁也不确定自己能否活到休战那一天。

每一场战事，对那可怜的征夫而言，都希望是最后一次。四季更迭，一年又一年，驻扎的地点不停地变换，连家书也无法收到，更没有办法写信回家。他也思念家中的妻子，内心被返乡的愿望折磨。

每天的战况都很惨烈，累累白骨触目可见，杀累了的士兵倒在地上休息，天上白云悠悠，每一朵都写满了乡愁。他想起家乡，想起她，内心交织着苦涩与甜蜜的情感。

他有所忧，有所怨，可是，他对于现状却又无可奈何，只能一次次地鼓起拼杀的勇气，力求不在战场上倒下。

《小雅·何草不黄》一诗中，写的也是征夫的愁怨。

何草不黄？何日不行？何人不将？经营四方。

何草不玄？何人不矜？哀我征夫，独为匪民。

匪兕匪虎，率彼旷野。哀我征夫，朝夕不暇。

有芃者狐，率彼幽草。有栈之车，行彼周道。

草儿都会枯黄，征人都在奔忙。战火不停地烧，征人不停地拼杀。战场不停地转换，征人的脚步也从未停止。这样的日子，没有人不想逃离。

那些士兵长年在旷野与荒草中度日，生活跟动物的没多少区别。他们忍受着非人的待遇，怨声载道：“我们又不是野牛与老虎，更不是那穿越丛林的狐狸，为何要跟它们一样长年生活在这荒野之中？难道说我们生来就与这些野兽同命？不，我们是有血有肉有感情的人啊！”

战争，让人命如草芥。生活过得如同野兽的征夫们，只是战争的工具，是统治者满足野心的炮灰，他们根本没有能力去改变自己的命运。他们只能被动地在腥风血雨中搏斗、刺杀，在与敌军的肉搏中，总有一方会倒下。

役车载着征人驰行在大路上，不停地有老兵死去，有新兵加入。征兵不息，战事不止。每一个征夫的心中，都有一个返乡梦，可是，又有几人能圆梦呢？

对于征夫而言，死亡随时会降临。有些征夫不幸丧命于战场，而那留守在家乡的妻子，却不知征夫已死，依然会在梦中与丈夫相聚。

无休无止的战事，累积了无数白骨。有很多尸骨，失去了自己的姓名。没有人知道他是谁，也没有人在意他是谁，他只是众多不幸倒下的小兵中的一个而已。

战争还在继续，征夫的妻子还在思念中等待。她不会知道，他已经变成了无名枯骨。她只是怀揣着热切的希望，期待着重逢的时刻。

“可怜无定河边骨，犹是春闺梦里人。”生命消亡的征夫，日思夜想的妻子，在那战事频繁的年代，不知有多少。

那棠梨树下的少妇，不知什么时候才能等到她的爱人归来。或许，等得到。或许，再也等不到。

战场上的士兵，这一刻还在思念家中的妻子，下一刻可能就会命丧当场。生死之间的距离，不过是敌人挥刀的瞬间。

树叶绿了又黄，黄了又绿。家乡的妻子，还在思念着心中的他。树下的身影，随着时光的流逝，重叠成一尊深情的雕像。多少思念，摧残了容颜；多少情意，蹉跎了时光。可是，只要还有一线希望，她都会坚持等下去。

【佳句积累】

会言近止，征夫迩止！

今译：都说归期不长，征人不久即回乡！

第五辑 携手恨匆匆

爱来爱去，风风雨雨，这尘世，有我的思念，却无你的回音。

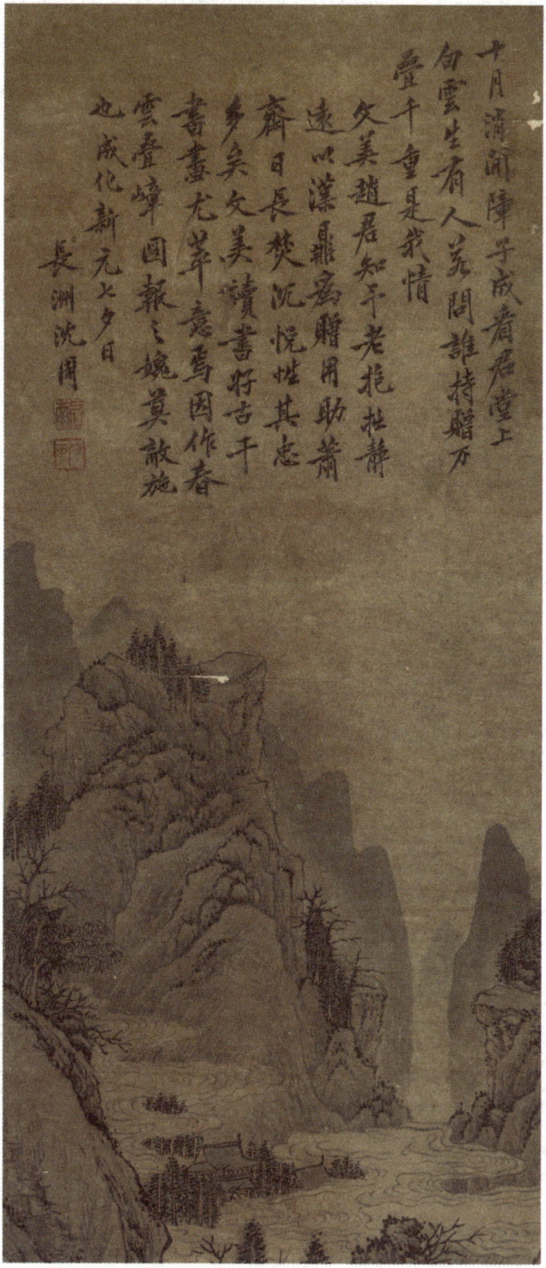

[明] 沈周《春云叠嶂图》（局部）

召南·江有汜　　嫁人选人很重要

江有汜，之子归，不我以！不我以，其后也悔。

江有渚，之子归，不我与！不我与，其后也处。

江有沱，之子归，不我过！不我过，其啸也歌。

江：长江的支流。

汜（sì）：由主流分出又流回主流的水流。

不我以：即“不以我”。以：用。

渚（zhǔ）：水中小洲。

与：相交，交好。

处：忧愁。

沱（tuó）：江的支流。

过：至也。一说度。

啸也歌：因内心痛苦而发出的号哭声。

古时候的女子，生活的重心是在家庭中的。也因此，嫁得好不好对女子的影响更为深远。嫁得好，夫唱妇随，恩爱一生。嫁得不好，女人就沦落为男人的生活点缀，男人三妻四妾不说，指不定哪天就成了弃妇。

没有哪个女人愿意做弃妇，所以，选对象时，选一个可信赖的男人很重要。

史上的弃妇诗，大多是幽怨的，诗里填满了弃妇的伤感。而这首诗，伤感确实是有，但更多的是自信。

江水分流后又汇合在一起，你要回故乡，却不带上我，你会后悔的；江水静静地流过小洲，你要回故乡，却连声招呼都不打，总有一天你会伤心的；江水流向远方，你要回故乡，从此不再来看望我，将来你会为我而哭的。

女子坚信，那人今日抛弃了自己，来日必定会后悔，会哭着回头找她。她面对着不停奔向远方的江水，咬牙切齿地说出这些话，是自信，也是一种自我安慰。

斯人已去，怎会回头？说到底，那人并没有爱上这女子，她只是他孤身在外的一点慰藉。可这女子却还未死心，她始终相信自己是独一无二的，他不可能忘记她所有的好。

江有渚，那江水遇到小洲时，水流会分开，流过小洲之后，分流的江水又重新汇集到一起。照这样理解，这个弃妇是认定那人的这次离去只是个坎儿，过了这个坎儿，他还会重新来找她。

女子的话虽然狠绝，可她的内心又何尝没有怀抱希望，期待着那薄情郎能去而复返，请求她继续陪在他身旁。只是，这份希望终究只能成为失望。

男人的情总是来得快去得急，就连富家女卓文君也差点成了弃妇。卓文君被形容为“眉色如望远山，脸际常若芙蓉，皮肤柔滑如脂”，可见有多美貌。美而有才，娘家有财有势，够优秀吧？可即使这样，男人也照样会变心。

当初，司马相如一曲《凤求凰》打动了卓文君的心，此后，又买通了卓文君身边的人，为他们传递书信。司马相如虽是标准的穷小子，却满腹才华，琴弹得好，情书也写得好，卓文君很快就被爱情俘虏。

卓家自然是坚决反对女儿下嫁，司马相如求婚不成，就带着卓文君私奔了。为了生计，追求爱情的卓文君脱去锦衣换布裙，素面朝天，当垆沽酒。

最终，卓家还是不忍女儿受苦，承认了这门亲事，还赠予他们钱财与奴仆，夫妻俩开始过上了弹琴作赋的悠闲日子。

后来，司马相如凭一首《上林赋》飞黄腾达。富贵最乱男人心，有了地位，司马相如对卓文君就有了休弃之心。

卓文君有多敢爱就有多敢恨，她知晓司马相如的心意后，写下了《白头吟》和《诀别书》。“皑如山上雪，皎如云间月”，她视爱情如雪似月，不染尘埃。既然司马相如不肯珍惜，那她就“闻君有两意，故来相决绝”“锦水汤汤，与君长诀”。

此时，他们已经分居两地多年。他在京城流连于烟花柳巷中，她在家中独守空房。山高水远，他的心早已不在她身边。

据说，司马相如被卓文君的诀别诗打动，回忆起两个人的相遇相知，心生不忍，断了休妻的心思。从此，两人白首偕老。

这似乎是个圆满的结局，这其实并非一个圆满的结局。不忍，是司马相如对卓文君最后的善良，但不是爱。更何况，不迎新人进门，并不代表他不会流连风月。卓文君的爱情，到底是只剩下了虚名。

《江有汜》中的女子，在等待男人回头，可大概率是等不到的。与其还抱着希望，倒不如决绝地转身。

《红楼梦》中，黛玉临死前听闻宝玉另娶，便挣扎着将两人的信物全部付之一炬。可见，病弱的林妹妹并非只会可怜兮兮地掉眼泪，当爱情被辜负时，她冷冽而决绝，伤心是真的伤心，决绝也是真的决绝。

从来，男人的变心只关乎欲望、利益及喜新厌旧的本性，与女人的自身条件并无关系。很多时候，他离开，并不是她不好，而是他有了新的权衡。与其站在原地等着他回头，不如转身离去，奔赴自己的未来。无论悲喜，再与他无关。

最可怕的是变成鱼玄机那样的女子，因为被男人抛弃而自暴自弃，成为可怜可恨之人。

鱼玄机本来也是个腹有诗书的大才女，如果唐代科举允许女子参加，她一定会榜上有名。写得了锦绣文章又如何，女儿身注定与科考无缘。对此，鱼玄机虽心有不甘，却也是无可奈何。

有一天，鱼玄机在崇贞观中偶遇一群壁上题诗的进士，进士们的诗，在她看来也没有精彩到哪里去，这让无缘科考的她更意难平，遂在壁上写下四句诗：

云峰满目放春情，历历银钩指下生。

自恨罗衣掩诗句，举头空羡榜中名。

就是这首诗，像月老的红线，把她和才子李亿连接到了一起。李亿自从看到鱼玄机题在壁上的诗句，就对诗的作者充满了爱慕。可见，鱼玄机的才华确实是足以应对科举的。

后来，在温庭筠的撮合下，李亿如愿娶到了鱼玄机。才子佳人，吟诗作赋，游山玩水，两个人婚后的生活说不尽的和谐美满。

只可惜，鱼玄机再好，也只是个妾。李亿的原配夫人是个厉害角色，她听说了鱼玄机的存在后，立即赶往京城，把鱼玄机鞭打了一顿。鱼玄机能怎样呢？任她再美再有才，在绝对的武力之下，也只有受欺辱的份儿。

毒打之后，李夫人还是不解气，逼着李亿写下休书，把鱼玄机赶走。懦弱、无情的李亿听从老婆的吩咐，写下一纸休书，将鱼玄机逐出家门。

即便如此，寄居在道观的鱼玄机，并没有对李亿死心。她期待着他会寻找时机去见她。然而，她流着泪，写着诗，熬过了一天又一天，李亿还是没出现。

她知道，她再也等不到他了。认清了这个事实之后，如果她能及时止损，或许能够再觅良人，再不济，也能与诗文相伴，做一个不被世事俗情所累的自由女子。可是，她不甘心，她要让李亿看看，他不来见她，愿意来见她的男人多的是。

“鱼玄机诗文候教”，这告示一贴出，就吸引了无数的风流才子。然而，夜夜笙歌，并没有给鱼玄机带来快乐，她心里有恨有怨，还有对爱情的渴望。可是，从步入风月的那一刻起，她就注定不会再得到爱情。

后来，因打死侍女绿翘，鱼玄机被官府抓捕斩首。鱼玄机的悲剧源于她视爱情如命，先是因李亿的抛弃而坠入风月场，又因怀疑侍女和情夫有染而打死侍女，最终害人害己。

多情的女子啊，把爱情看作人生的全部，往往会输了这人生。李亿负了她，爱情负了她，她自己也负了自己。

“其后也悔”“其后也处”“其啸也歌”，《江有汜》中的弃妇还在吟唱，在这些臆测中，她得到了几许安慰、几丝希望。或许，总有一天她会明白，他再也不会回头。

【佳句积累】

不我过，其啸也歌。

今译：他不到我处，将来再号哭有什么用。

[清]黄慎《人物故事图》

［清］黄钺《寿世征祥册 · 兕觥介寿》

郑风·遵大路　多情自古空余恨

遵大路兮，掺执子之袪兮。无我恶兮，不寁故也。

遵大路兮，掺执子之手兮。无我䰾兮，不寁好也。

遵：沿着。

掺（shǎn）：拉住，抓住。

袪（qū）：衣袖。

无我恶：即“无恶我”，意思是“不要厌恶我”。

寁（zǎn）：快速。

故：旧情。

无我䰾（chǒu）：不要嫌我丑。䰾，同“丑”。

在人来人往的大路上，一个头发散乱的女子狼狈地跟在一个男子身后，嘴里不停地说着什么。

男子一脸的不耐烦，目不斜视地继续往前走。

女子未得到想要的回音，情急之下，伸手拉住了男子的衣袖，声泪俱下地说道：“你千万不要讨厌我啊，不要忘记我们的旧情，不要丢下我啊。”

路人对他们指指点点，有人甚至不屑地吐出两个字来：“淫妇！”

女子听到了周围人的议论，但她顾不得所谓的廉耻，只想留下眼前这个男子。

她拉住男子的手，诉说着两个人相识、相知的经历，诉说着他们在一起时的甜甜蜜蜜，希望男子不要嫌弃她，不要忘记多年的感情而丢弃她。

可惜，一个决意要走的男子，不是几句话就可以留下的。女子所说的那些甜蜜往事，对于男子来说，不过是一段经历罢了，过去了就过去了，对他的现在与未来没有任何影响。

所谓旧情，对女子来说是深情，对男子来说却只是旧情。如今，他已准备好了去迎接新的感情，又怎会为旧情留步。

男子最终拂袖而去，只留下伤心的女子在不断地反省自己："是不是我不够好，他才厌弃我？是不是我长得丑，他才离开我？"

女子卑微地认为，他离开，是因为她不够好。可是，她却不明白，他离开，仅仅是因为不再爱。

男女双方的关系并不明确，或许是夫妻，也或许只是同居，他们也曾经有过一段相爱的日子，最终，男子移情别恋，抛弃了女子，离她而去。

关于这首诗的主旨，向来说法不一。朱熹的《诗集传》斥此为"淫妇"诗，戴君恩的《读诗臆评》认为是妻子送别丈夫的诗，姚际恒的《诗经通论》认为是"故旧于道左（旁）言情，相和之辞"，郝懿行的《诗问》认为是"民间夫妇反目，夫怒欲去，妇惧而挽之"。今人多赞同"弃妇"这种说法。

回到最初的镜头中去，一个执意要走，一个拼命挽留，女子的哭诉与拉扯，在男子甚至旁观者看来，就是一种纠缠。

对于去意已决的人而言，爱的乞求反而是一种负担。这道理，女子未必不懂，她只是不甘心放手罢了。或许，她的内心也隐藏着那么一点可怜的期待，期待她的话能打动他的心，让他留下来，安心和她一起相亲相爱地过日子。而故事真正的结局，大抵不是喜剧。

在爱情里有一个奇怪的现象：爱的时候，看对方哪里都好，哪怕对方是错的，也能给对方找出一个对的理由来；反之亦然。

爱已不在时，洒脱地放手，或许会痛苦一阵子，但总好过卑微如尘。张小娴曾经说过：“爱是很卑微的，很卑微的，尤其是那个人不爱你的时候，爱是含笑饮毒酒。”明知道对方不爱自己，不及时放手，还要卑微地去爱，即使这爱是一杯毒酒，也要含着笑意一饮而尽。这种犯傻的行为，不过是感动了自己，娱乐了别人。

面对负心人，百般哀求他回心转意，倒不如学习《赠离曲》中的女子：“收取头边蛟龙枕，留著箱中双雉裳。我今焚却旧房物，免使他人登尔床。”

曾有男子与这女子立下海誓山盟，但他最终还是做了负心汉，弃这女子而去。女子非常伤心，往事历历在目，由相爱到厌烦，男子的一言一行，都如同刻入脑海里的版画，难以抹去。

短暂的婚姻里，男子对她的伤害很多，男子离去，再不回还，家中却还隐藏着他的气息。每一样与他有关的物品，都会牵扯出一段与他有关的记忆，令女子痛苦不已。

负心人已去，再回忆往事就是自讨苦吃了。女子为了尽快摆脱这段感情带给她的困扰，索性将与男子有关的物品全部集中到一处，一把火烧了。

从此，她的生活里再也没有他的痕迹。从此，她的人生与他再无牵绊。这样挺好，看着那烧过的灰烬，她的心似乎也不那么疼痛了。

不爱了，就彻底放下，过去的人、过去的事，都不再留恋与纠缠。爱就爱得深沉，断就断得干脆，身为女子，如此果决，才能让自己不为情所误。

也许，女子的记忆并不能随着灰烬消失殆尽，但起码加快了她忘却前尘旧事的速度。过个一年半载的，也许她就能淡然看待过往，即使有谁提起那个人，也能够心无波澜。

相比这个火烧旧物的女子，霍小玉的结局就有点悲惨了。

霍小玉的出身很难评定，父亲是王爷，这门第也算是不低了，但母亲只是婢女，这出身就有点上不得台面了。

霍王爷在时，她还能在王府安然享受锦衣玉食。霍王爷离世后，府中兄弟当家，直接把她们母女俩赶出了王府。

在那个年代，女子想要生存，挣钱的机会实在太少，霍小玉无奈之下做了艺妓，虽然卖艺不卖身，只用诗词歌赋及音律舞蹈取悦达官贵人，这身份还是差了点。

她美而有才，又对感情有着自己的底线与坚守，这样的她遇到状元及第的诗人李益后，彻底沦陷了。

她爱他，他也爱她，他们以夫妻相称，共同度过了一年的幸福时光。一年后，李益被任命为郑县主簿。上任前，李益决定先回老家一趟。李益临走时，发誓不会做负心人，等他安排好一切事宜，就会来接她。他的话，她信了，从此，开始了对他的等待。

约定的日期早已过去，她却没有等到他。此时，他已在父母的安排下娶了官宦之女，门当户对，前景光明。一年又一年过去，成家立业后的李益一帆风顺，日子过得如蜜里调油。

霍小玉还在痴痴地等待，他在步步高升，她在日日憔悴。长安城里，她在等待负心人。长安城外，负心人早已将她抛到脑后。他的幸福，从未想过让她参与。

他的日子越来越好，她的日子越来越糟。他忘了她，她却还在爱他等他。

有侠义之士看不过眼，强行将李益带到病入膏肓的霍小玉面前，油尽灯枯之际，霍小玉总算是看清了这个薄情男的真面目，她说：“我身为女子，薄命如此。君为大丈夫，负心到这种地步。可怜我这美丽的容貌，小小的年岁，就满含冤恨地死去。慈母还在堂上，不能供养。绫罗绸缎、丝竹管弦，从此也永远丢下了。带着痛苦走向黄泉，这是你造成的。李君啊李君，今天就要永别了！我死以后，一定变成厉鬼，让你的妻妾，终日不得安宁！”

由爱生怨，由爱生恨，不过如此。霍小玉拼着最后一口气诅咒李益，也是在给他们的感情画上句号。她为爱而死，临死时，断了此爱。

如果霍小玉能早点决断，也许她就不会相思成疾、香消玉殒了。

女子最难过情关，面对爱情时，往往感性有余，理性不足。如若能及时割舍掉负心人，重新开始自己的生活，也能少点伤害，多点希望。

【佳句积累】

无我恶兮，不寁故也。

今译：千万不要厌恶我啊，不要忘记旧情把我丢弃。

[清] 黄钺《寿世征祥册·乔松比寿》

王风·中谷有蓷　瘦影自怜秋水照

中谷有蓷，暵其干矣。有女仳离，嘅其叹矣。嘅其叹矣，遇人之艰难矣！

中谷有蓷，暵其脩矣。有女仳离，条其啸矣。条其啸矣，遇人之不淑矣！

中谷有蓷，暵其湿矣。有女仳离，啜其泣矣。啜其泣矣，何嗟及矣！

中谷：谷中。

蓷（tuī）：益母草。

暵（hàn）：干燥的样子。

仳（pǐ）离：妇女被夫家抛弃逐出，相当于现在所说的离婚。

慨（kǎi）：叹息声。

遇人：逢人，嫁人。

脩（xiū）：干枯，败坏。一说长。

条：深长。

不淑：不善。

湿：将要晒干的样子。

啜：哽噎抽泣的样子。

［明］唐寅《王献之休郗道茂续娶新安公主图》

东周时期的某一年，适逢大旱，这让靠天吃饭的百姓苦不堪言。地里的庄稼都枯萎了，家里的粮仓都见底了，发自内心的恐慌彰显出人性最真实的一面。有些夫妻，患难与共。有些夫妻，劳燕分飞。

她是众多普通女子中的一个，每日都忙于照顾一家老小。曾经，夫家对她也是很满意的，她品貌俱佳，是那种备受欢迎的宜室宜家的女子。

然而，当困顿的生活吞噬了她的青春，当灾年吞噬了家里的口粮，她就成了丈夫眼中多余的人。丈夫每天对她指责不尽，不是嫌米汤太稀，就是嫌菜味太馊。巧妇难为无米之炊，丈夫不是不懂，只是在为赶走她做铺垫而已。

丈夫的心思，她又怎能不知？但她总在内心宽慰自己，他只是太苦闷了，他只是想发泄一下情绪而已，要怪，只能怪这灾年断了人们的生机。熬过这一段苦日子，他依然会待她如往昔般的。

只是，她太低估男人的薄情，也太高估自己在丈夫心中的地位。不等米缸彻底变空，男人就撕破了脸，将她撵出了家门。

结婚多年，她为他终日忙碌，如今遇到了生活的坎，他竟毫不留情地抛弃了她。付出得越多，被辜负时就越痛苦。

更可悲的是，茫茫人海，她竟无处可去。父母早已不在；兄弟已娶妻生子，跟她向来很少来往，不可能收留她。况且，生逢灾年，很多人都逃亡在外，她也不确定还能不能找到娘家人。无奈，她只能加入灾民的队伍，随波逐流。

中谷有蓷，暵其干矣，暵其脩矣，暵其湿矣。地面干枯，山谷中的益母草也枯萎了。李时珍在《本草纲目》中介绍说，益母草有利于女子养生育子。这种植物和女子的关系非常密切，用它起兴，隐喻女子的悲惨处境，也无端地增添了一抹讽刺色彩。

益母草在枯萎，女子也在枯萎。她边走边流泪，嘴里喃喃道："所遇非人，我可真倒霉！"

付出了所有之后，被辜负的人不可能不伤心。因此，女子会嘅其叹矣，条其啸矣，啜其泣矣，内心痛苦，抚胸长叹，泪流不止，这都是正常的反应。

诗中，充满了女子的不幸与哀伤，却没有对丈夫的思念与指责等，只一句"遇人不淑"，就结束了和丈夫之间的一切。这女子，相比那些被抛弃后还思念负心人的可怜女子，称得上是人间清醒。

没有思念，没有怨恨，她忍受煎熬，苦恼异常，却也只是流着泪对着天空长叹一声："只怪我当初没有看清他的为人！"

枯焦的土地，枯萎的益母草，枯槁的女子，组成了一幅悲怆的画！

灾年固然难过，但如果幸遇良人，同舟共济，也并非不可活。女子的灵魂中有着坚强而清醒的一面，她明白，她的不幸不怪灾年，只怪她遇人不淑。

女子的遭遇也是当时诸多下层女子的写照，为丈夫付出一切，却得不到他的感恩，只需要一个灾年，就能撕破他自私卑劣的嘴脸。

这首诗的主旨，在《诗经》中，是历来争论最少的篇章，从《毛诗序》到现代学者，大多赞同“离弃妇女自哀自悼的怨歌”这种说法。

被离弃，不是女子的错，如果一定要说是她的错，她错就错在没有嫁对人。

翻阅经典，发现弃妇在古代是很常见的，那时候，很多女人只能靠男人养活，也因此，一般的大户人家里，男人都是三妻四妾。有些人即便只娶一房媳妇，也会在妻子不再年轻漂亮时，残忍地将她抛弃，再娶年轻妩媚的新人进门。

婚姻里的感情，太容易被时间稀释，有些男人总是容易被欲望支配，因美色动摇。旧人哭，新人笑。那时的世道，对女人有太多的不公。

晚唐诗人刘驾，对于男子喜新厌旧的行为很是痛恨，专门写了一首《弃妇》诗，为弃妇们发声：

回车在门前，欲上心更悲。
路旁见花发，似妾初嫁时。
养蚕已成茧，织素犹在机。
新人应笑此，何如画蛾眉。

昨日惜红颜，今日畏老迟。

良媒去不远，此恨今告谁。

诗中的女子，也曾是青春洋溢的少女，初嫁时，道路两旁开满了鲜艳的花朵，像她丰盈的青春，也像她美好的期望。

嫁过来后，她满心欢喜地想要和他共度余生。为了生计，她不辞辛苦地养蚕、织布，勤俭持家的她，曾经以为，他会看到她的好，感恩她的好，不负她的好。可惜，她错估了他。

长年劳作间，她的青春渐行渐远。容颜不再娇美，肌肤不再细嫩，终日素面朝天的她，成了一个外表普通至极的农妇。

男人只爱鲜艳的花朵，看到她容颜渐衰，就开始嫌弃她，并很快移情别恋。新来的妇人，很会打扮自己，黛眉弯弯，巧笑嫣然，肤若细瓷。年轻，又舍得在自己身上花费钱财，精心描画的妆容，怎么看怎么光彩照人。相比之下，她就像那蒙尘的花朵，黯淡极了。

男人迎新妇入门，自然要将她扫地出门。被赶出家门时，新妇还倚着门框嘲笑她，说她是个只会做家务的黄脸婆，而男人则冷漠而嫌弃地催她快快离开。

新妇的笑和男人的冷深深地刺痛了她的心。娘家的车已等在门前，犹豫再三，她终究还是悲哀地上车离去，没有回头，身后回荡着新妇的笑声，刺耳极了。

她的泪滚滚而下，回想起当初听到媒婆说他们是天作之合时的欢喜，似乎还在昨天，但经过这么多年，今日被赶出家门，她却突然发现，满腹的悲痛根本就不知道说给谁听。

没有人可以拯救她失败的婚姻，也没有人可以倾听她哀伤的心事。未来，对于她而言，虽还未到来，却已被抹上了悲怆的底色。

她新养的蚕已成茧，她新织的布还挂在织布机上，她的婚姻却已经彻底破裂。一个负心的人，没有继续爱下去的意义，可是，为什么她的心会如此痛！

她爱他，爱他和她组建的家，爱到付出了所有，如今被辜负，其中的滋味，只有经历过的人才能真正懂得。告别往日，说起来容易，做起来痛苦。曾经的婚姻就像一场梦，梦醒了，只留下伤痛。

她不甘心，可是，除了哭泣，除了离开，她什么都做不了。过去的日子里，她爱得有多么深沉与热烈，如今的时光里，她就有多么疼痛与纠结。

在婚姻的路上，时光是最好的见证人，无论多么贤良的女子，一旦嫁给错的人，就难逃被辜负的命运。只有嫁给对的人，才能在双向奔赴的心动和坚守中，收获幸福的婚姻。在那个充满局限性的时代里，女子想要活得幸福，还真是不容易。

【佳句积累】

条其啸矣，遇人之不淑矣！

今译：抚胸叹息又长啸，嫁人不淑真痛苦。

卫风·氓　人生若只如初见

氓之蚩蚩，抱布贸丝。匪来贸丝，来即我谋。送子涉淇，至于顿丘。匪我愆期，子无良媒。将子无怒，秋以为期。

乘彼垝垣，以望复关。不见复关，泣涕涟涟。既见复关，载笑载言。尔卜尔筮，体无咎言。以尔车来，以我贿迁。

桑之未落，其叶沃若。于嗟鸠兮，无食桑葚。于嗟女兮，无与士耽。士之耽兮，犹可说也。女之耽兮，不可说也。

桑之落矣，其黄而陨。自我徂尔，三岁食贫。淇水汤汤，渐车帷裳。女也不爽，士贰其行。士也罔极，二三其德。

三岁为妇，靡室劳矣。夙兴夜寐，靡有朝矣。言既遂矣，至于暴矣。兄弟不知，咥其笑矣。静言思之，躬自悼矣。

及尔偕老，老使我怨。淇则有岸，隰则有泮。总角之宴，言笑晏晏。信誓旦旦，不思其反。反是不思，亦已焉哉。

氓：本义指外来的百姓，这里代指男子。

蚩（chī）蚩：笑嘻嘻的样子。

愆（qiān）：延误。

将（qiāng）：愿，请。

无：通“毋”，不要。

载（zài）：则。

无咎言：没有不吉利的话。咎（jiù）：不吉利，灾祸。

贿：财物，指嫁妆。

耽（dān）：迷恋，沉溺。

徂（cú）尔：嫁到你家。

食贫：过贫穷的生活。

汤（shāng）汤：水势浩大的样子。

晏晏（yàn）：欢乐、和悦的样子。

旦旦：诚恳的样子。

[明]陈洪绶《蕉林酌酒图》

她和他在童年时期就认识了。

作为一名小商人，外表憨厚的他是集市上的常客。他时常拿着布匹到集市上换丝。

她有着少女的青涩与美丽，她的清丽与纯真，融合在举手投足间，令他深深地迷恋。于是，他开始了对她的追求。

他抱着布，笑嘻嘻地站到她面前，嘴里说着要用布来换丝，眼睛却不停地在她的身上扫来扫去。

被一个年轻的男子如此放肆地打量，她从未经历过，脸瞬间就羞红了。他看透了她的单纯，迷上了她的清丽，时不时地就用言语挑逗她，说一些表明爱意的话。

一个不谙世事的少女，哪里是他的对手。几次三番下来，她居然相信了他所有的话，以为他是真心实意地爱她，以为她在他的心目中是任何人都无法取代的。

不知不觉之中，她已经深深地爱上了他。这些事，她的父母还不知情。而他在收获了她的爱情之后，也并没有第一时间请媒人上门提亲。

那天，他又抱着布来到集市上，看到她时，他问她何时嫁给他。结婚是人生中的大事，她觉得不应该是此刻的她可以决定并答复的。于是，她说要考虑考虑。

没有得到肯定的回答，他的脸上蒸腾着怒气，转身就走。她跟着送他，走了一程又一程，渡过淇水，来到顿丘，一路上她不停地向他解释，诉说着对他的爱。

她告诉他，并非自己不想尽快嫁给他，而是因为他没有找媒人上门。看着心爱的男子还是一副不开心的样子，她又赶紧保证道："你不要生气了，到了秋天，我一定嫁给你！"

她还真是一个"恋爱脑"的姑娘，此刻，难道不应该是她发火说"到现在都不请媒人上门，根本就不尊重我"吗？这个单纯的姑娘啊，她不知道易怒的男子往往会有暴力倾向，嫁给这样的男人，十有八九会遭遇家暴。这样的男子并非良配，她居然还低三下四地去哄他。

欲擒故纵的戏码演得差不多了，他开始考虑如何将这傻姑娘变成他的老婆。他也知道之前是自己太唐突了，于是，他说会尽快请媒人商讨结婚事宜。

他走后，她的心也随他而去。每天，她都会登上那毁坏的墙壁，遥望他来时的方向。一天又一天，看不到他的身影。她难以忍受思念的煎熬，流下了苦涩的泪水。

他用龟板和蓍草卜卦，结果都显示大吉。于是，他请了媒人，和她定下了婚期。

那天，迎娶的婚车在她的期待中上门，她带上自己的嫁妆，带上自己的爱情，义无反顾地奔赴他。

她以为，嫁给他就是幸福的起点，却怎么也没想到，嫁给他却是不幸的开始。

几年来，她恪守妇道，在贫苦的生活中，操持着繁重的家务劳动。在这个家里，她起得早，睡得晚，长年如此，当年靓丽的姑娘变成了一个疲惫的妇人。

然而，她的辛苦并没有换来他的疼惜，反而遭遇了他的嫌弃。他对她的态度越来越差，居然还动手打她。

没有爱情，只有家暴。这样的婚姻，令她痛苦不已。当初那“执子之手，与子偕老”的誓言，现在想起来，没有甜蜜，只有怨恨。

滔滔的淇水终究有岸，宽广的沼泽也终有尽头，可她的痛苦却没有边际。往事如电影镜头般在她的头脑中闪现，曾经的谈笑风生，曾经的温柔体贴，曾经的海誓山盟，都已不见。

如今，他已经违背了誓言，对她没有了丝毫的爱意。她被休弃回了娘家，她的兄弟不知道她的遭遇，见面时也只会讥笑她。她有满腹的悲伤，却无处诉说。

独自伤心了很久之后，她终于想明白了，既然他已经变了心，那这段感情就这样终结吧。

曾经年少单纯，曾经爱情至上，如今，她愿意与过去一刀两断，开始一段新的生活。这个女子，虽没在这段失败的婚姻中得到幸福，却得到了成长。在这段感情中，她面对错爱时的果决，是她最值得称赞的地方。

其实，细细想来，她和他初见时的甜蜜背后，早已隐含着不爱的影子。

他只是一个穷小子而已，家世和外貌都不出彩，姑娘爱上他，大概是爱上了他的能说会道，爱上了他给她画的那张爱情的“饼”。而男子爱的，不过是她的年轻貌美。

姑娘太年轻，还处于耳听爱情的年纪。她以为，他说的爱是真的，却不懂，一个真正爱她的男子，不会不顾礼节，越过三媒六聘，贸然提出结婚；更不会因为她顾全礼节，不肯私订终身，就冲她发脾气。

姑娘拒绝了不合礼节的求婚，却接受了他的怒意。爱让她卑微，也让她糊涂。婚前就随便对她大发雷霆的男子，又怎么可能在婚后对她温柔呵护呢？有时候，拒绝不是错，接受才是错。

年轻的姑娘，大多会对爱情保持着一份向往。向往爱情没有错，只是，如果过于沉迷爱情，那就很容易受伤了。

一般情况下，男子沉迷于爱情里，很容易脱身。女子沉迷于爱情里，却很难摆脱。

有些人的爱情故事里，一生只有一人。有些人的爱情故事里，一生有若干人。有些爱是爱，有些爱只是欲。

说到底，爱情不过是生活的一部分，断然不能将爱情当作生活的全部，否则，爱情就会成为一种“自我绑架”。

身为女子，只有在爱情中始终保持一份理性，才能不在爱情中迷失自我，才能有足够的力量去承担爱情的好与不好。

“信誓旦旦，不思其反。”男人的誓言总是太容易改变，他们口中的海枯石烂往往也变得很快，当女人还沉浸于甜蜜的许诺中时，男人却早已不屑于提及当初。

我们叫不醒一个装睡的人，就像女人留不住一个变心的男人。昨日的爱与誓言是真是假，已经不重要了，重要的是要有面对现实的勇气。

“反是不思，亦已焉哉。”愿每一个女子，都能在面对一段失败的爱情时，有足够的勇气说：“既然如此，那就算了吧！”

【佳句积累】

于嗟女兮，无与士耽。士之耽兮，犹可说也。女之耽兮，不可说也。

今译：年轻的女孩不要沉迷于爱情。男子沉迷于爱情，还可以脱身。女子沉迷于爱情，就无法摆脱了。

［南宋］马远（传）《鸳鸯图》

邶风·终风　鸳鸯背飞水分流

终风且暴，顾我则笑。谑浪笑敖，中心是悼。

终风且霾，惠然肯来。莫往莫来，悠悠我思。

终风且曀，不日有曀。寤言不寐，愿言则嚏。

曀曀其阴，虺虺其雷。寤言不寐，愿言则怀。

终：既。跟“且”呼应，表示两种情况兼而有之。

暴：急骤，猛烈。

中心：心中。

悼：悲伤害怕。

霾（mái）：大风扬尘。

莫往莫来：不往来。

曀（yì）：天阴，昏暗。

嚏（tì）：打喷嚏。

虺（huī）：形容雷声。

怀：思念。

夜半时分，一个面色暗黄的女子躺在床上，睁大了双眼，聆听着窗外的风雨声。

女子已经不年轻了，数年的婚姻生活，并没有给她幸福的感觉，反而耗尽了她的青春。她的丈夫是个喜怒无常的男子，经常戏弄她，调笑声里全是对她的不屑与贬低。

她不明白她做错了什么，既然娶她进门，为什么他不愿意好好爱她，却要整天对她冷嘲热讽。她害怕他的戏弄，也烦恼于他的不爱。

后来，他竟无情地弃她而去，连句解释都懒得说。那天，她追在他的身后，问他为何如此待她。他扭头，冷冷地说："无他，厌恶你而已。"

那一刻，她再也无法欺骗自己，原来，他竟从未爱过她。曾经初见时的温柔以待，也不过是逢场作戏罢了。

她想求他留下，却倍感耻辱地张不开嘴，就那样眼睁睁地看着他扬长而去。

终风且霾，惠然肯来。窗外，是狂暴的风声，尘土在暗夜里飞扬，女子在孤独中想念。他走得决绝，她却还抱有幻想，幻想着某一刻，他突然回来，推开房门，给她一个温暖的怀抱。

无尽的想念，让她难以入睡，她轻声诉说着对他的想念，就如同他还在身边。她独自说了很多，每一句里都是悠长的思念。她想：人们都说一个人被念叨时会打喷嚏，我说了这么多想念他的话，或许他此刻正在不停地打着喷嚏吧。他打喷嚏的时候，会不会明白我对他的思念呢？想及此处，她竟露出了一丝难以言说的笑。

窗外一声炸雷，打断了她的思绪。此刻，她多么希望他在身边，给她一个抚慰的拥抱，让她不至于被这震天响的雷声吓到。但她也明白，这希望很渺茫。

寤言不寐，愿言则怀。夜已深，被思念煎熬的女子却还是睡不着，只是一遍又一遍地祈祷着，愿他能回心转意想起她，回来找她。

理智上，她也明白，她应该是彻底失去他了。感情上，她却难以放下，总是保留着一丝希望，期待着他会回头。

关于这首诗的内容，看法不一。《毛诗序》认为，此诗是庄姜被卫庄公的儿子州吁欺侮而作。朱熹认为此诗是庄姜受丈夫卫庄公欺侮而作。现代学者则大多认为，此诗写一名女子被丈夫玩弄、嘲笑、抛弃的遭遇，应该是出自民间歌谣，与庄姜无关。笔者比较赞同现代学者的说法。

读这首诗，总感觉诗中女子对爱情的执着似曾相识。细细想来，读过的无数痴男怨女的故事里，大都会有一个痴情的女子，为了某个不值得的男人，在孤独与忧伤中种满了相思，甚至付出了生命。

元末明初文学家陶宗仪的《南村辍耕录》记载，南宋诗人戴复古在外游历时，曾暂住于武宁（今属江西），当地有一个富翁，平素热爱文学，看到戴复古所写的诗作之后，顿起了爱才之心。

富翁家有一待嫁女，富翁觉得戴复古才貌、人品都不错，就起了招婿之心。

戴复古爽快地答应了亲事，并很快和这家的女儿结为夫妻。婚后的生活温馨有爱，富家女并没有骄奢之气，她温柔善良，自幼饱读诗书，平时跟戴复古谈起诗词歌赋，也能娓娓道来。

有安定的住所，有贤良的妻子，有富足的生活，对于漂泊已久的戴复古来说，这样的日子实在是好得无可挑剔。只是，不知为何，两个人感情虽好，却一直没有孩子，或许这正是戴复古突然想起家乡的关键因素。

在一起生活两三年后，某一日，戴复古突然觉得，和美的日子里有点说不清、道不明的缺失，与此同时，他脑海中闪现出另一个女子的身影。那个女子是他在家乡娶的妻子，她还为他生了两个孩子。当年出来游历时，那女子也曾经亲手为他收拾行李，送了他一程又一程，嘱咐他早日回去。

时光太过久远，他甚至记不清那女子的眉目了，却清楚地记得，年少时，他的确是娶了妻生了子的，也的确是答应过妻子，一定会回去的。

他想，前后所娶的两个妻子或许能够和平共处呢，毕竟，她们都是爱他的。但他又觉得，这种事也会有变数，或许，鱼与熊掌真的是不能兼得的。

他的犹疑，她看在眼里，斟酌再三，她主动开口，愿意成全他的思乡之意。她的父亲听说戴复古在家乡早有家室，很是愤怒，指责他隐瞒已婚之事，想要为她讨个说法，她却温言软语地劝说父亲不要追究。

她帮他收拾行囊，将自己的金银细软塞进他的包袱，嘱咐他路上照顾好自己。离别的时刻总是来得太急，山一程，水一程，她忍受着内心的无尽伤痛，陪他走这最后一程。

送君千里，终有一别。临别时，她强装笑意，温柔地告诉他，她填了一首词《祝英台近》：

惜多才，怜薄命，无计可留汝。揉碎花笺，忍写断肠句。道旁杨柳依依，千丝万缕，抵不住、一分愁绪。

如何诉。便教缘尽今生，此身已轻许。捉月盟言，不是梦中语。后回君若重来，不相忘处，把杯酒、浇奴坟土。

她内心对他是万分不舍的，却也知道留不住他，索性就大方地放手，让他离开，奔赴另一个女子。她宁愿自己承受痛苦，也不肯让他有任何的委屈与遗憾。这是多么深的爱，这是多么傻的情！

戴复古走后，她纵身跳入水中，从此不再为他烦恼。在她看来，失去他，也就失去了活着的意义。所谓爱情，此刻却成了夺命的毒药。

她在词中嘱托他，若有朝一日重来此地，别忘了在她的坟上浇杯水酒。而他，却直到十年后才重回武宁。他为她写下了一首悼亡词，字字句句，皆是深情。然而，斯人已去，这般填在文字中的深情又有何用呢？

当初，她已在送别的词中表露死志，他却不肯为她放弃回乡。

一别十年，再来故地，写下这样深情的词，莫名地就显出了几分虚情假意。

对她，他是残忍的、薄情的。对他少年时所娶的妻子，他又何尝不是如此。

把妻子娶进门，让她生儿育女，却不肯好好地陪伴她，以至于她年纪轻轻就积劳成疾，她死后，两个幼子只能寄居于亲戚家。为夫为父，戴复古都不合格。

两个女子都全身心地爱他，他却辜负了她们。对前者离弃，对后者隐瞒，无论哪一份深情，他都愧对了。

或许，两个女子都看穿了他的自私凉薄，却又无可奈何。就如张爱玲在书中所写："他是这么个人，有什么办法？如果真爱一个人，能砍掉他一个枝干？"

她们在爱中耗尽了生机，他却依然是那个说走就走的浪子。爱上这样的人，是她们的劫。

爱上不该爱的人，对于那些信奉"有情饮水饱"的女子来说，是一种灾难。只希望那些痴情的女子能够明白，生活本多彩，爱情并非生活的全部。

【佳句积累】

莫往莫来，悠悠我思。

今译：现在你不跟我来往，我整日思念你。

[清] 朱耷《东坡朝云图》

[清] 任熊《人物册》

小雅·谷风　从此相思与君绝

习习谷风，维风及雨。将恐将惧，维予与女。将安将乐，女转弃予。

习习谷风，维风及颓。将恐将惧，置予于怀。将安将乐，弃予如遗。

习习谷风，维山崔嵬。无草不死，无木不萎。忘我大德，思我小怨。

谷风：山谷中风，东风。

将：且。

女：同“汝”，你。

转：反而。

颓：旋风。

遗：遗忘。

崔嵬（wéi）：山巅。

为爱奔赴，最终却被爱辜负。女子悲伤地回忆着过去的点点滴滴，不明白自己为何会被丈夫狠心地抛弃。

风声夹杂着阵阵雨声，在这恶劣的天气之中，树木凋零，百草枯死。这般情景，实在是令人绝望，就如同这个女子的心境。

豆蔻年华之际，她嫁给他为妻。他们的日子艰难，她就勤俭持家，贤良待人，处处为他考虑。那时，他也是爱她的，患难与共，让他们的心贴合得毫无缝隙。他无数次拥她入怀，深情低诉："有妻如此，夫复何求？"而她则娇羞而满足地靠在他怀里，畅想着未来的幸福生活。

那些年，他们的日子是真的苦，都说贫贱夫妻百事哀，她却从未让他有过这种感觉。她努力地经营着小家庭的生计，扮演着贤妻良母的角色。

时光不负追梦人，她的梦想是让家庭走向富裕与安乐，随着时光的流逝，她的梦想终于实现了。她以为他们的日子要苦尽甘来了，却不承想，有些人只能共苦，不能同甘。

日子好过了，他对她的态度却一天天地差起来。他的眼睛就像滤镜，滤除掉了她所有的美德，只留下她小小的不足之处，终日在他口中充当嫌恶的借口。

在他的嫌恶声中，她委屈地为自己辩解："忘我大德，思我小怨。"我的美德那么多，你全都忘了吗？为什么总揪住我的一点小错误不放呢？

因为不爱！他不会承认。她也不想让自己相信。这个善良的女子，是那么地爱他，即使被他抛弃，也舍不得骂这个负心人几句。

患难与共时的誓言，比风还轻，等不到海枯石烂就消逝得干干净净。凄风苦雨，似乎在预示她的境遇。失去了全身心投入的婚姻，她又该何去何从呢？在她心中，或许还藏着那么一点微弱的希望，希望丈夫回忆起往日的时光，能够回心转意。

她那么爱他，爱到无论他如何伤她，她都舍不得对他谩骂指责。这可怜而天真的女子啊，真让人既哀其不幸，又怒其不争。

自古男儿多薄幸，即使当初有过无数甜蜜，随着时光的飞逝，那些惊艳过岁月的单纯之爱，也会悄悄地发生改变，不复美好。女子还在留恋纯粹的爱情，男子却已决绝转身，这就是残忍的现实。

受时代的局限，那时候的女子对婚姻总是缺少一种掌控的能力，女子将青春交付给男子，希望能够来日方长，男子却不一定愿意陪她到白发苍苍。也因此，前人诗篇中有不少性格迥异的女子，都有着相同的宿命，成为弃妇。

白居易所作《母别子》一诗中，有这样一个悲惨的弃妇：

母别子，子别母，白日无光哭声苦。
关西骠骑大将军，去年破虏新策勋。
敕赐金钱二百万，洛阳迎得如花人。
新人迎来旧人弃，掌上莲花眼中刺。
迎新弃旧未足悲，悲在君家留两儿。
一始扶行一初坐，坐啼行哭牵人衣。
以汝夫妇新嬿婉，使我母子生别离。
不如林中乌与鹊，母不失雏雄伴雌。
应似园中桃李树，花落随风子在枝。
新人新人听我语，洛阳无限红楼女。
但愿将军重立功，更有新人胜于汝。

她的丈夫立了战功，被封赏，这本来是一个家庭的大喜事，可是丈夫却在此时娶了如花似玉的新人。新人入门，并不满足，还想要正妻的位置，要求他休妻。

一个是新娶的美人，一个是为他生下了两个孩子后容颜衰落的发妻，若是一个稍有点情义的男子，必定会觉得难以抉择。而他，却毫不犹豫地递给她一封休书。新人是那美丽的莲花，被他捧在手心里，怎么都爱不够。她却是他眼中的钉子，看一眼都觉得是折磨。

喜新厌旧是人之常情，这本来也不值得太过悲伤，但她还有两个孩子，被休弃的她，无法带走孩子，只能任由他们留在前夫家中。

两个孩子正是需要母爱的年纪，一个刚刚会坐，一个刚刚会扶着床沿走路。坐着的孩子不停地啼哭，会走的孩子拉着她的裙边，孩子想要将她留下，可她知道，她别无选择，只能走。

那负心人和新欢甜甜蜜蜜地相处着，却让她们母子生离死别，真是狠心的人啊！她心中沸腾着无尽的苦，却说不出。薄情的人，连林中的鸟儿都不如，母鸟离不开雏鸟，雄鸟就一直在它们身旁呵护陪伴。

她们母子如今难舍难分，却又不得不分，就像那园中的桃树，花落后，幼小的果实将在枝头经历寒风苦雨。这让她如何能放心呢！而造成这一切的，是那薄情人，也是那年轻娇媚的新妇。

她的恨在那一刻汇成了一句诅咒的话："新妇啊，你听我说，洛阳有无数的漂亮女子，但愿将军再立新功，到那时，他必定会再娶一个比你还要年轻漂亮的新人，你就等着吧！"

她的话，说是诅咒，倒不如说是预言。将军的仕途可能会一帆风顺，再度立功受赏也并非不可能。新妇虽美，看久了也会厌，对于薄情的将军来说，外面那些更加美艳的年轻女子，随时都会取代新妇的地位。只可惜，正处于得意中的新妇，并未意识到这一点。

今日，他负发妻；来日，他也会负新妇。这是一个轮回。

他的发妻，看清了他的薄情，对他已不抱任何幻想，只是可怜自己要与幼子分离，为母子各自的未来悲伤。也有的弃妇，哪怕被辜负，也放不下那薄情人。明周忱的《弃妇辞》中，就有一个这样的弃妇：

回车已驾衡门下，将去复留情不舍。
举家欲语畏郎嗔，独自登车无送者。
吞悲惟恐路人知，默默还思初嫁时。
父母殷勤受明礼，良媒宛转来通辞。

入门即听舅姑语，妇道营生在勤苦。
淡妆不用画蛾眉，朝采蚕桑暮机杼。
亦知朴陋人所厌，习成天性终难变。
丈夫有才常好新，贱妾薄命何嗟怨。
缫丝在车犹未除，亭午当炊谁下厨。
但得新人亦似此，庶免高堂烦老姑。
到家无面见邻姬，独掩寒闺双泪垂。
小时只恨青春促，今日方愁年老迟。

女子已经被赶出家门，却依然对男子恋恋不舍。她徘徊许久，最终也只能登上娘家来接她的车。登车时，她再次回头，希望能最后看他一眼，可惜身后空无一人。

女子还有爱，男子却只有厌恶，只想尽快与她撇清关系，哪里会出门送她。就连一向与她相处融洽的家里人，男子也不允许他们出来送她。

绝望的情绪蔓延开来，女子坐在车里，内心如刀割般疼痛，她很想号哭一场，却又害怕路人听到，徒增话柄。

她坐在车里，默默地回想着和他在一起的时光。锦瑟年华，她秉承父母之命、媒妁之言，嫁给他。婚后，她不怕苦不怕累，每日辛苦地操持家务，养蚕、织布，一心为他打理好家事。

每天从早忙到晚，她没有心思和时间去打扮，只希望她的勤劳能让家里的日子更好过一些。可他，不仅不感动于她的付出，还厌恶她的朴素。他喜欢艳丽的花朵，而她是蓬勃的野草。离弃，似乎早已是注定的结局。

如今，她被弃，已然要返回娘家了，不知道有谁会为他做午饭。他再娶的新人，不知道会不会像她以前那样过日子。

她的思绪飘来飘去，总绕不过他去。都被抛弃了，却还在关心他的生活，她的内心除了他，再也装不下其他，真是可怜之人必有可恨之处。

回到娘家后，女子躲在出嫁前的房间里，默默地流着眼泪，她不肯出门，觉得自己如今的境遇太丢人，生怕邻居们会对她指指点点。独坐窗前，她忆往思今，年少时，总是觉得青春太短暂，如今，她却在发愁年老来得太迟。

从嫁给他的那刻起，她就把他当成了人生的信仰。被他抛弃的日子，她的人生似乎毫无意义。斩断与过去的纠葛，重新打理自己的生活，对于她来说，几乎就是不可能的。

爱情里，怕的不是被辜负，而是被辜负了还对旧人、旧事念念不忘。相比之下，还是《卫风·氓》中的女子果决，明白了誓言的短暂，看透了男子的负心，就忍痛断情，说一句："反是不思，亦已焉哉。"为自己被辜负的深情，画上一个永久的句号。

遇人不淑，必定是爱有多深，痛有多深，但再痛也需要一份清醒，才能尽快开始今后的人生。

【佳句积累】

忘我大德，思我小怨。

今译：忘记我的美德，只把我的缺点记在心中。

[清] 石涛《苦瓜妙谛》

小雅·我行其野　由来只见新人笑

我行其野，蔽芾其樗。昏姻之故，言就尔居。尔不我畜，复我邦家。

我行其野，言采其蓫。昏姻之故，言就尔宿。尔不我畜，言归斯复。

我行其野，言采其葍。不思旧姻，求尔新特。成不以富，亦祇以异。

蔽芾（fèi）：树木枝叶茂盛的样子。

樗（chū）：臭椿树。不材之木，喻所托非人。

畜：喜爱，善待。

邦家：故乡。

蓫（zhú）：一种野菜，又名羊蹄菜，性滑，多食使人腹泻。

宿：居住。

葍（fú）：一种多年生蔓草，根可食。

新特：新配偶。

成：的确。

祇（zhǐ）：只。

知道丈夫另有新欢的时候，她心痛得肝肠寸断，泪水肆虐的脸已经换不来丈夫对她一丝一毫的怜悯。她悲愤地问："为什么？"

那人只是冷淡地回应道："收拾你的东西，这两天就赶紧回去吧。"

多么可恶，那个时代的男人，想要抛弃自己的妻子，直接赶走就行了。

她哭了很久，直到她觉得泪已经流干了，就收拾了自己的包裹，准备离开这个生活了数年的家。

他催她快走，她知道他已经开始布置喜房了。她前脚走，新娘后脚就进门了。她的内心充满了怨和恨，却连反抗的力量也没有。她知道，对于一个变了心的男人，她一个弱女子，实在是无可奈何。

这个可怜的女子，一边走一边默默地流着泪，没有人关心她的故事，她孤独地走出院子，走向茫茫的原野，走向原野之外的娘家。

她曾经以为丈夫就是她后半生的依靠，她努力地做一个贤惠勤俭的妻子，却依然未能逃脱被男人抛弃的命运。她哀叹，这个世道对女子太不公平，却又不知道除了哀叹，她还能做什么。

当初她也是远近闻名的漂亮姑娘，有无数的小伙子想要求娶她，她的父母把她许配给了这个人，这个人答应过要给她幸福。父母之命，媒妁之言，再加上这个人的许诺，天真的她出嫁了。

少女时期，她也曾经做过关于爱情的美梦，但她也知道爱情只能是一个梦而已，她要做的就是听从父母的安排出嫁。

婚后不久，丈夫就厌烦了她。后来，丈夫又遇到了一个新的女子，就起了抛弃她的心思。

对于她而言，曾经期盼过的幸福婚姻，不过是尘世间的一场梦，如今梦已醒，她作为一个弃妇，孤零零地走在空旷的原野中，感受着从未有过的真实。

旷野茫茫，她孤独的身影显得更为渺小。当初，她嫁到这里，和他一起生活。如今，他已经变了心，她只好返回故乡。

因为婚姻的关系，她陪伴了他无数个日夜。如今，他不好好对待她，她回娘家之后，就再也不会回来了。

他忘记了与结发妻子的情分，另觅新欢。并非因为那个女子比妻子富有，而是因为他有一颗喜新厌旧的心。

所嫁非人，对于女子来说真是致命的伤痛。

这被遗弃的女子，背着简单的行囊，走在返乡的路上。她的心中充满了悲凉之意，而她的丈夫，却已在和新欢甜甜蜜蜜。

古代男尊女卑的伦理思想，使女子在婚姻中的地位极其被动。倘若这可怜的女子生活在现代就好了，必不会如此孤独无奈。只是，在当时的社会大环境下，她也只能咽下眼泪，回娘家求取庇护了，想想还真是无奈啊！

一个喜新厌旧的男子，即便是再婚，也未必能长久，可能不久之后又会再度变心，到那时，新人成旧人，可能，又会有新的女人进入他的生活。但这一切，都跟行走在旷野中的这个女子无关了。她已经对他死心，不管他将来怎样，她都不会再回头了。

我非常欣赏这个行走在旷野中的女子。背后是另娶新人的丈夫，前方是不知会不会给她庇护的娘家，前路茫茫，可是她并没有打算回头，而是坚定地认为，不被善待，就应该离开。

在一起时，守好自己身为妻子的本分。被遗弃了，会伤心，却不会寻死觅活，而是流着泪走自己的路。这样的女子，起码活得通透。

【佳句积累】

我行其野，蔽芾其樗。

今译：我在郊外独自行走，臭椿枝叶繁茂。

[明]董其昌《仿张僧繇白云红树图卷》(局部)

小雅·白华　却道故人心易变

白华菅兮，白茅束兮。之子之远，俾我独兮。

英英白云，露彼菅茅。天步艰难，之子不犹。

滮池北流，浸彼稻田。啸歌伤怀，念彼硕人。

樵彼桑薪，卬烘于煁。维彼硕人，实劳我心。

鼓钟于宫，声闻于外。念子懆懆，视我迈迈。

有鹙在梁，有鹤在林。维彼硕人，实劳我心。

鸳鸯在梁，戢其左翼。之子无良，二三其德。

有扁斯石，履之卑兮。之子之远，俾我疷兮。

之远：往远方。

俾（bǐ）：使。

露：露水浸润。

天步：天运，命运。

滮（biāo）：水名，在今陕西。

啸歌：号哭而歌。

硕：高大。

桑薪：桑木柴火。

卬（áng）：我。女子自称。

煁（chén）：可移动的炉灶。

懆（cǎo）懆：愁苦不安。

迈迈：不高兴。

鹙（qiū）：一种水鸟。

梁：鱼梁，水中筑的用来捕鱼的堰。

二三其德：三心二意，指感情不专一。

疷（qí）：因忧愁而得病。

[明] 唐寅《红叶题诗仕女图》

在无数个孤寂难耐的日子里，申后不止一次地想，如果没有褒姒，是不是周幽王就会对自己多一丝爱怜？答案是否定的！那个人从来就没有认真地爱过她，即使没有褒姒，也会有别的女人。

她是申侯娇宠着长大的女儿，她的婚事，也是申侯千挑万选出来的。周幽王相貌英俊，气质不凡，她只是看了他一眼，就把他放到了心中最重要的位置。而他，只是把她看作联络政治的工具而已。

不对等的感情，注定没有美好的结局。

“白华菅兮，白茅束兮。之子之远，俾我独兮。”菅草开白花，白茅草也是白色的，象征着纯洁的爱情。她想要的，一直都是纯洁的爱情，可是，他的心却跟她隔着山，隔着海。她的呼唤，从未得到过他的回应。他远离她，刻意地让她独守空房。

他给了她皇后的位置，让她做尊贵的女人，却不曾真心宠爱她。

她在孤独的夜里，回味着与他有限的相处，咀嚼出丝丝苦涩。他却在其他女人处寻欢作乐，几乎忘记了她的存在。不爱，就是这样残忍。

空中的云雾，沾湿了菅草与白茅草，河水缓缓流淌，滋润着绿油油的稻田，他却连云雾与河水都不如。她的思念，感动不了他，只会让自己伤心。

在清冷的深宫之中，唯一能够给她力量，让她坚持活下去的，只有她的儿子宜臼。皇后嫡子，成为太子，在等级森严的古代封建社会，可以说是理所当然。她想，不管怎样，儿子是太子，是未来的王，自己这一生总不至于太失败。

后宫从来不缺女人，她冷眼看着那些女人使尽浑身解数，只为了让周幽王多看她们一眼，她渐渐明白，那薄情的男人，只会万花丛中过。直到褒姒出现，她才发现，不是他薄情，而是他的深情不肯给她罢了。

周幽王不爱申后，连带着也不爱申后生的儿了。当褒姒生下儿子伯服后，周幽王就废了申后，将她打入冷宫，并废除了太子宜臼，将褒姒立为后，同时立伯服为太子。

“之子无良，二三其德。”“之子之远，俾我疷兮。”多少次，她内心痛苦地念叨着他，恨他没良心，恨他从不对她亲近。她没有过错，他却抛弃了她，这让她如何不恨？爱有多么深沉，恨就有多么浓烈。从此，她与他恩断义绝。

申后的父亲得知女儿的悲惨遭遇后，气得当即发下誓言，早晚有一天要为女儿讨个说法。两年后，申侯终于找到了机会，他联合犬戎攻入京城，杀了周幽王和伯服。

周幽王死后，曾经被他废弃的太子宜臼被大臣们拥立为周平王。

此时，申后也如愿以偿，成为太后。王宫中，没有了褒姒，也没有了周幽王。她的儿子是王，她的地位无人能撼动，可是，在夜深人静之际，她还是会感到孤单落寞。

遥想当年，与周幽王初见时，只是羞涩地一抬头间，她的心就沦陷了。得知可以做他的王后，她的内心是欢喜的。她长得虽不是倾国倾城，却也十分清丽。嫁他之后，她始终保持着贤淑大度，以为这样，他就会爱她。

她想要的，自始至终，不过是他的一片真心罢了，只可惜，这恰恰正是他给不了的。如今，她拥有了天下，却从未拥有爱情。她早已明白，爱上一个不爱自己的人，无异于自讨苦吃。

周幽王的爱都给了褒姒。为了褒姒，他不惜“烽火戏诸侯”，诸侯们恨他、怨他，骂他昏庸，他也认了。能得佳人一笑，这天下又算得了什么？王后之位、太子之位，褒姒想要，他都给。申后母子会怎样，申侯会怎样，他不愿去想，他心中只有褒姒。

男人就是这样，不爱则已，爱则成痴。对于所爱的人可以掏心掏肺，对于不爱的人却冷漠无情。爱与不爱，都同样的不理智。

虽然从最后的结局来看，申后似乎是最后的赢家，可是，无数次念起前尘往事，她并没有感受到太多的快乐。如果时光可以倒流，她倒希望重新回到年少时，选一相爱之人，执子之手，与子偕老。做不做王后并不重要，有爱就是幸福。

《诗经》中有不少弃妇诗，从诗的内容来看，无论是嫁与平民，还是嫁与国君，无论是生在农家，还是生在世家，女子在婚姻中都比较被动，男女在婚姻中的地位始终是不平等的。婚姻的幸与不幸，很多时候都取决于男子是否足够重情重义。

太多的故事，诉说着这样的无奈：女子是否美丽、贤淑，都无法决定男子对她的爱能有几分。被抛弃的女子本身往往并没有错，有错的反而是那个滥情的男子。

汉代班婕妤写过一首《怨歌行》：

新裂齐纨素，鲜洁如霜雪。

裁为合欢扇，团团似明月。

出入君怀袖，动摇微风发。

常恐秋节至，凉飙夺炎热。

弃捐箧笥中，恩情中道绝。

这首诗的背后，又是一个男子负心的悲凉故事。

她出身官宦之家，容颜美丽，才华出众。她精通诗词歌赋，熟悉史事，长于音律，不是一般的名门闺秀可以与之相比的。

这样才貌双全的女子，被汉成帝选入宫中，水到渠成。

他也确实迷上了她，爱她的美貌端庄，更爱她的才华出众。心情不好时，她引经据典的开导令他瞬间明朗；闲暇时，她的丝竹声令他沉迷其中，忘记尘世纷扰。

那段时间，他一有空就要去见她，和她下棋聊天，恩爱缠绵。出于对她的宠爱，他不顾礼制，命人做了一辆豪华的辇车，邀她一起坐车出游。

但她拒绝了。她说："看古代留下的图画，圣贤之君，都有名臣在侧。夏、商、周三代的末主夏桀、商纣、周幽王，才有嬖幸的妃子在座，最后竟然落到国亡毁身的境地。我如果和你同车出进，那就跟他们很相似了，能不令人凛然而惊吗？”

他听了这番话后，长长地叹了一口气，放下了同辇出游的想法，同时，还毁掉了车子。有人说，此举是他在表明做一个贤明君王的决心；也有人说，他只是在发泄心中的不满。

敢于拒绝君王所赐的荣宠，在后宫，大概也只有她了。太后听闻此事后，赞美她道：“古有樊姬，今有班婕妤！”一时间，她成了后宫的典范。可惜，她有樊姬之德，他却无楚庄王之志。他贪图享乐，醉心酒色之间，时光飞逝，他渐渐地对庄重守礼的她失去了兴趣。

他平素喜欢出游饮宴，某日，在姐姐府内的酒宴上，他遇到了赵飞燕。美艳的舞女，撩人的姿态与眼神，瞬间就勾走了他的魂魄。当晚，他就在公主府临幸了赵飞燕。

他带赵飞燕回宫，从此，三千宠爱只给她一人。赵飞燕不爱他，却爱极了他的权势。为了牢牢掌控他的心，赵飞燕将容貌更佳的妹妹赵合德带到了他的面前。好色的他果然没有令赵家姐妹失望，将所有的恩宠都给了她们。

新人在笑，旧人却黯然神伤。班婕妤毫无悬念地彻底失宠了。

赵家姐妹并未因为集万千宠爱于一身就安于现状，她们野心勃勃，想要把后宫权力牢牢地攥在自己手中。为扳倒许皇后，赵家姐妹陷害她行巫蛊之术诅咒有孕的妃子。

巫蛊之术历来是皇家大忌，汉成帝盛怒之中，根本不给许皇后辩解的机会，直接废了皇后。赵家姐妹并不满足，借机进言，声称班婕妤也与此事有关。

汉成帝信了。然而，班婕妤面对他的质问，平静地说道：“妾闻死生有命，富贵在天，修正尚未得福，为邪欲以何望？若使鬼神有知，岂肯听信谗言？倘若鬼神无知，则谗言又有何益？妾不但不敢为，也不屑为！”

是的，她不屑，后宫女子间的各种争斗伎俩，她都不屑，更何况是这种荒谬的行为。

巫蛊之事，她侥幸躲过了陷害，也看透了汉成帝的色令智昏。赵飞燕如愿以偿做了皇后，后宫成了赵家姐妹的天下。她知道，她与他再也回不到从前。

为了自保，她主动远离后宫的争斗，自请入长信宫侍奉太后。他答应了。从此，她一心守在太后身边，清心寡欲。

深宫寂寥，红颜渐老，只有长信宫的淡柳晨月陪她写诗作赋。光阴再长，总要一寸一寸地挨过去的。她也曾想起当年的亲密无间，想起他炽热的眼神、宠溺的笑意，最终都归于一声叹息。

他醉心于温柔乡，以至于为此送了命。他死得不光彩，她却还是对他恨不起来。

“人生若只如初见，何事秋风悲画扇。”她的一生，因他而绚烂，也因他而暗淡。如果可以，与那负心人，最好是从未初见，也好过于半生伤怀。

【佳句积累】

之子无良，二三其德。

今译：这个没良心的人真可恨，转眼之间就忘记了我。